Bettina Göschl
Klaus-Peter Wolf

Die Nordseedetektive

Der versunkene Piratenschatz

Illustriert von
Franziska Harvey

JUMBO

MIX
Papier aus verantwortungsvollen Quellen
FSC® C014138

9. Auflage 2025

www.jumbobuecher.de
Text: Bettina Göschl, Klaus-Peter Wolf
Illustrationen: Franziska Harvey
Redaktion: Julia Stefanie Kress, Lisa Schachtschneider
Grafische Bearbeitung: Katrin Wahl
Druck: FINIDR, s.r.o., Lípová 1965, 737 01 Český Těšín
Tschechische Republik
ISBN: 978-3-8337-3683-4
Das gleichnamige Hörbuch, gesprochen von Robert Missler,
ist im JUMBO Verlag erschienen (EAN 4012144368423).

Redaktionsanschrift: Edel Verlagsgruppe GmbH, Kaiserstraße 14b,
80801 München | www.edelverlagsgruppe.de/kontakt

Bettina Göschl
Klaus-Peter Wolf

Die Nordseedetektive

Der versunkene Piratenschatz

Illustriert von
Franziska Harvey

JUMBO

Familie Janssen

Mick – ein Papa für alle Fälle

(Lebens-)Künstler, schreibt Bücher, liebt seine Kinder über alles

Sarah – Mama mit Leib und Seele

Sängerin und Schauspielerin

Wichtige Detektiv-Utensilien

1. Kapitel

Der Wind fegte über den Deich wie der fauchende Atem eines wütenden Drachen, der dem Meer entstiegen war. Es war, als würde eine riesige unsichtbare Hand nach der alten Villa Janssen greifen und sie schütteln. Wie unterwürfige Diener verneigten sich die Bäume vor dem majestätischen Sturm in dieser Nacht. Dachpfannen segelten wie Papier durch die Luft und zerschellten am Boden. Lukas konnte nicht schlafen. Er liebte den Sturm und die raue Nordsee. Es zog ihn geradezu magisch nach draußen.

Zu gerne hätte er sich das Naturschauspiel auf dem Deichkamm angesehen. Mama Sarah war entschieden dagegen. Frierend stand sie im Schlafanzug bei ihren Kindern und rieb sich die Oberarme. „Bist du verrückt, Lukas? Du kannst jetzt nicht da raus. Das ist lebensgefährlich", sagte sie. „Dir kann eine Dachpfanne auf den Kopf fallen oder ein Ast."

Emma kroch aus ihrem Bett. Am liebsten hätte sie sich etwas Warmes angezogen und wäre mit Lukas zum Meer gelaufen. Andererseits wusste sie, dass ihre Mutter recht hatte.
„Okay, Mama“, seufzte Emma. „Dann dürfen wir aber morgen auf den Deich, ja?“
„Erst morgen?!“, protestierte Lukas. „Da ist die Sturmflut ja vorbei. Ich will jetzt raus!“

Sarah Janssen schüttelte den Kopf. „Nichts da! Lasst uns lieber eine Runde durchs Haus gehen und nachsehen, ob alle Fenster und Türen verschlossen sind.“ Draußen fiel ein großer Ast aufs Dach und rollte scheppernd hinunter.
Ängstlich blickte Emma zur Decke. „Das hört sich an, als würde da oben ein Einbrecher herumlaufen.“
Es rumpelte laut und etwas krachte zu Boden.
Lukas grinste. „Wenn das ein Einbrecher ist, dann ist er jetzt vom Dach gefallen.“
In diesem Moment zerbrach klirrend die Fensterscheibe. Unzählige Glasscherben verteilten sich im Kinderzimmer.
„Zieht schnell eure Hausschuhe an!“, rief Mama Sarah. „Nicht, dass ihr noch in die Scherben tretet.“ Der Wind fegte durchs Zimmer. Regen peitschte ihnen ins Gesicht. „Oje!“, rief Sarah. „Schnell, wir brauchen einen Pappkarton, Nägel und einen Hammer!“
Emma rannte ins Detektivbüro und kehrte kurze Zeit später mit der Pappe und dem

Werkzeug zurück. Sarah und Emma hielten den Karton vors Fenster und Lukas nagelte ihn am Fensterrahmen fest. Papa Mick bekam von alldem nichts mit. Er hatte an seinem neuen Roman geschrieben und war dabei eingeschlafen. Laut schnarchend träumte er davon, ein berühmter Schriftsteller zu werden. Draußen bogen sich die Bäume im Wind. Astgabeln knickten wie Streichhölzer ab und aktivierten die Alarmanlage in

Kunschewskis Garten. Die Flutlichtscheinwerfer sprangen an und es wurde taghell. Kunschewskis neuer, großer Wachhund, der das Grundstück verteidigen sollte, jaulte vor Angst auf und verkroch sich unter dem Bett.
„Stell dich nicht so an, Hasso!", schimpfte Kunschewski. „Du bist kein Meerschweinchen, sondern ein Wachhund."

2. Kapitel

Für die beiden Gangster Lang und Finger waren der Sturm und der Starkregen ein Geschenk des Himmels. Das Gefängnis, in dem die beiden einsaßen, war völlig überschwemmt. In der Justizvollzugsanstalt war sogar der Strom ausgefallen. Die Toiletten liefen über und das Abwasser überflutete die Zellen. Auf den Gängen standen die Gefängniswärter knöcheltief im Wasser.

Finger war begeistert und sah nach oben zur Decke. „Lass es noch mehr regnen, lieber Gott“, bat er.

Lang hielt sich die Nase zu. „Sag mal, bist du bescheuert, du Knalltüte? Das Abwasser stinkt wie Sau!"
Finger spottete: „Du kapierst auch gar nichts, du Schwachkopf. Willst du hier wirklich drei Jahre einsitzen? Ich jedenfalls nicht."
„Wieso denn nicht?" Lang zuckte mit den Schultern. „Hier drinnen ist es warm und die kochen tausendmal besser als du. Außerdem will ich nicht noch mal

draußen auf irgendwelchen Parkbänken übernachten."

„Mach doch, was du willst!", brummte Finger. „Ich hau jedenfalls heute Nacht ab."

„Ja, und wie?", wollte Lang wissen. „Hier ist doch alles elektronisch gesichert."

„Ach ja? Dann mach doch mal das Licht an", sagte Finger.

„Wie soll das denn gehen?", fragte Lang. „Der Strom ist doch ausgefallen."

„Eben, du Schnellmerker! Dann funktioniert auch die Alarmanlage nicht …"

Ein Wärter riss die Zellentür auf. „Los, ihr zwei! Ihr müsst mit anpacken. Der ganze Knast säuft uns ab."

Lang und Finger guckten sich an. „Und was genau sollen wir machen?", fragte Finger.

„Säcke mit Sand befüllen!", antwortete der Wärter. „Damit dichten wir dann alles ab."

„Warum das denn?!", stöhnte Lang.

„Frag nicht so blöd!", schimpfte der Beamte. „Tu, was ich dir sage. Ich bringe euch runter zu den anderen Gefangenen.

Dort stehen die Laster mit dem Sand. Und jetzt bewegt euch, bevor das Regenwasser die ganze Küche lahmlegt.“ Finger beugte sich verschwörerisch zu Lang hinüber und raunte in sein Ohr: „Das wird unsere große Chance heute Nacht. Wann sollen wir abhauen, wenn nicht jetzt?“

3. Kapitel

Papa Mick hatte prächtig geschlafen und bereitete ein leckeres Frühstück für seine Familie zu. Er wollte Sarah, Emma und Lukas mit seinen berühmten Krabbenrühreiern überraschen. Mick schlug sechs Eier in eine Schüssel und verrührte sie mit einem Schneebesen. Er hackte Zwiebeln in kleine Stücke. Krabben und Speck brutzelten schon in der Pfanne. Auf *Radio Nordseewelle* kamen gerade die Nachrichten. Acht Häftlinge waren letzte Nacht während des heftigen Sturms aus der Justizvollzugsanstalt geflohen. „Was für ein Sturm soll das denn gewesen sein?", fragte sich Mick, denn er hatte ja

alles verschlafen. Er gab die Zwiebeln zu dem Speck und den Krabben in die Pfanne. Dann goss er die Eier dazu. „Kinder! Sarah!“, rief er fröhlich. „Wo bleibt ihr denn? Das Frühstück ist fertig. Ein neuer Tag beginnt und die Sonne lacht.“ Wenig später schlurfte Lukas im Schlafanzug die Treppe herunter. „Mann … Warum schreist du denn so rum, Papa? Es ist Wochenende“, maulte er. Gähnend kam Emma hinterher. „Mmh!“, schwärmte sie. „Das riecht aber lecker, Papa.“
„Kinder, ich muss euch unbedingt von meinem Traum erzählen!“, freute sich Mick. „Mein neuer Roman war ein Riesenerfolg. Die Schaufenster der Buchhandlung waren voll mit meinen Büchern. Die Kritiker überschlugen sich vor Begeisterung. Und wisst ihr, was das für uns bedeutet?“
Die Kinder guckten sich an und zuckten mit den Schultern.
„Jede Menge Geld!“, antwortete Mick. Sarah kam in die Küche. „Prima, Schatz!“, sagte sie und zwinkerte Emma und Lukas zu. „Dann können wir auch die

Sturmschäden von letzter Nacht reparieren lassen. Also, falls dein Traum wahr wird … Uns ist fast das halbe Dach weggeflogen."

Sofort lief Papa Mick nach draußen, Emma und Lukas folgten ihm. Im Garten lagen überall zerbrochene Dachpfannen. Die Regenrinne war abgeknickt und hing an einer Seite herunter.

„Papa, das kriegen wir wieder hin!", sagte Emma. Lukas nickte. „Wir helfen dir, alles zu reparieren."

„Das ist nett von euch!", sagte Mick Janssen. „Ich fürchte nur, da muss ein Fachmann ran. Ich rufe später Peter Grendel an."

Emma streckte die Nase in die Luft. Es roch verbrannt. „Oje, Papa! Deine berühmten Rühreier …"

Mick rannte zurück in die Küche und nahm die qualmende Pfanne vom Herd. „So ein Mist!", schimpfte er.

In der Nähe der alten Villa saßen Lang und Finger hinter einem Busch und

beobachteten Emma und Lukas. Dabei ließen sich die beiden Gangster die belegten Brötchen schmecken, die sie im *Café ten Cate* in Norden geklaut hatten.
„Die Salami ist so gut, ich könnte drin baden“, schwärmte Finger.
Lang tippte sich an die Stirn. „In Salami kann man nicht baden, du Volltrottel.“
„Sei leise, du Doofkopf!“, schimpfte Finger. „Oder willst du etwa, dass uns die Kinder hören? Wegen der beiden Rotzlöffel sind wir in den Knast gewandert.“

Lang leckte sich Butter von der Unterlippe. „Stimmt, dann lass uns lieber abhauen!“
Finger schüttelte den Kopf. „Abhauen? Ich will es denen heimzahlen!“
„Bist du blöd?!“, maulte Lang. „Die beiden sind echt gefährlich.“
In diesem Moment lief Kunschewskis riesiger Wachhund hinter den Busch. Lang, der selbst vor Dackeln und Pudeln Angst hatte, stand erschrocken auf.
Als Hasso an ihm hochsprang und ihm über das Gesicht leckte, verlor er das Gleichgewicht und fiel auf den Hintern. Das Salamibrötchen landete auf dem Boden. Das war ein gefundenes Fressen für den Wachhund.
Finger grinste. „Dem schmeckt dein Brötchen auch.“
„Hasso! Hasso! Wo bleibst du denn? Hierher!“, hörten sie Kunschewski brüllen.
„Der Köter ist noch schlechter erzogen als diese Janssen-Kinder“, brummte der Nachbar ärgerlich.

4. Kapitel

Die Wolken hatten sich verzogen. Wie so oft nach heftigen Stürmen war es ein besonders klarer und schöner Tag. Doch die Sturmflut hatte ihre Spuren hinterlassen. Emma und Lukas konnten genau sehen, wie hoch das Wasser am Deich gestiegen war. Die Flut hatte Algen, zerrissene Fischernetze, Seegras, Hölzer und Plastiktüten an Land gespült. Nachdem sich das Meer zurückgezogen hatte, lag das Strandgut in einer langen Linie auf der Deichwiese. Etliche Möwen

suchten hier nach etwas Essbarem. Obwohl das Meer nicht zu sehen war, konnten Emma und Lukas es riechen. Nach einer Sturmflut roch es besonders intensiv nach Salz und modrigem Watt. Das Sonnenlicht spiegelte sich in den vielen kleinen Pfützen auf dem Meeresboden.
Emma ging über die Deichwiese, sammelte Muschelschalen und steckte sie in ihren Stoffbeutel. Sie wollte für ihre Mutter ein Muschelbild basteln. Lukas hielt ein verwittertes Holzstück in der Hand. Konzentriert untersuchte er das Strandgut mit der Lupe seines Großonkels, Meisterdetektiv Theodor C. Janssen.
„Guck mal, Emma, ich glaube, hier drauf sind arabische Schriftzeichen."
Emma beachtete ihren Bruder gar nicht. Sie hob eine angeschwemmte Plastiktüte hoch und schimpfte: „Als die armen Wale neulich auf Wangerooge gestrandet sind, hatte einer von ihnen ganz viele Plastiktüten im Bauch. Dieses Zeug sollte echt verboten werden."

Da entdeckte sie einen kleinen Krebs, der sich in einem Fischernetz verfangen hatte. Vorsichtig befreite sie ihn aus dem Netz. „Dich bringe ich besser zurück in die Nordsee!“, flüsterte sie.
Emma legte den Krebs auf ihren Beutel und zog sich ihre Wattschuhe an. Über ihr kreisten zwei hungrige Möwen.
„Haut bloß ab!“, rief sie nach oben. „Meinen kleinen Freund hier kriegt ihr nicht.“
Ganz behutsam trug Emma den kleinen Krebs in ihrer Hand. Sie kletterte über glatte schwarze Steine, an denen Seepocken und Schnecken klebten. Den kleinen Krebs setzte sie nicht am Rande des Watts aus. Sie brachte ihn zu einem kleinen Priel, der aussah wie ein kleiner Fluss und in Richtung Meer floss. Hier ließ sie den Krebs frei und winkte ihm nach. „Mach's gut, mein kleiner Freund!“
„He, was machst du denn da?“, rief Lukas seiner Schwester zu.
„Ich rette die Welt, äh, ich meine einen kleinen Krebs“, antwortete Emma stolz.

Auf der anderen Seite des Priels entdeckte sie etwas: Es war ein Flaschenhals, der aus dem Wattboden ragte. Die Flasche musste sehr alt sein, denn sie war mit Muscheln, Seepocken und Schneckenhäusern bewachsen.

Aufgeregt winkte Emma ihren Bruder zu sich herüber: „Guck mal, Lukas, was ich gefunden habe!“

„Geh bloß nicht zu weit raus!“, rief Lukas besorgt. „Du weißt doch, dass die Strömung im Priel echt stark sein kann.“

„Aber ich bin doch ganz nah am Rand“, erklärte Emma. „Außerdem ist Ebbe. Die Flut kommt erst in ein paar Stunden wieder.“

Lukas rannte los. Unter seinen Füßen patschte der Meeresboden und er sank knöcheltief im Watt ein.

„Genau deshalb!“, rief er. „Gerade bei Ebbe kann das Watt gefährlich werden. Dann zieht dich die Strömung ins offene Meer hinaus.“

Schon blieb Lukas mit einem Schuh im Schlick stecken. „So ein Mist!“, fluchte er.

Er zog seinen Fuß aus dem Schuh, kniete sich ins Watt und musste ihn regelrecht ausgraben.
„Oh, oh!“, grinste Emma. „Du siehst aus wie ein gruseliges Schlickmonster. Da hättest du dir mal besser Wattschuhe angezogen.“
„Danke, Frau Schlaumeier! Wärst du nicht einfach zum Priel gelaufen, wäre mir das auch nicht passiert.“
Aufgeregt zeigte Emma auf ihren Fund. „Siehst du die Flasche da drüben? Wie die aussieht, ist sie bestimmt uralt.“
Lukas wurde sofort neugierig. „Boah, die sieht echt cool aus. Die hol ich uns!“
„Ich denke, es ist viel zu gefährlich, durch den Priel zu gehen.“
Emma stemmte die Hände in die Hüften.
„Ach was!“, winkte Lukas ab. „Der geht mir höchstens bis zu den Knien.“
Als er in der Mitte des Priels angekommen war, stand ihm das Wasser bis zu den Waden. Er schüttelte sich. „Puh, ist das kalt.“
Plötzlich sackte er mit dem linken Bein bis übers Knie ein. Er konnte die starke

Strömung spüren und erschrak. Kleine Fische schwammen um seine Beine herum. Hastig zog er die Flasche aus dem Schlick und watete so schnell wie möglich zu seiner Schwester zurück. Sie hätten nicht mal sagen können, ob die Flasche aus Glas oder aus Ton war. Denn sie war über und über mit Muscheln und Seepocken bewachsen.
„Das müssen wir uns unbedingt genauer anschauen!", rief Lukas voller Freude.

Emma nickte aufgeregt. „Am besten, wir nehmen die Flasche mit nach Hause!“ Der Wind frischte auf und Lukas begann zu frieren. „Ich muss mich umziehen, lass uns zurück in die Villa gehen.“

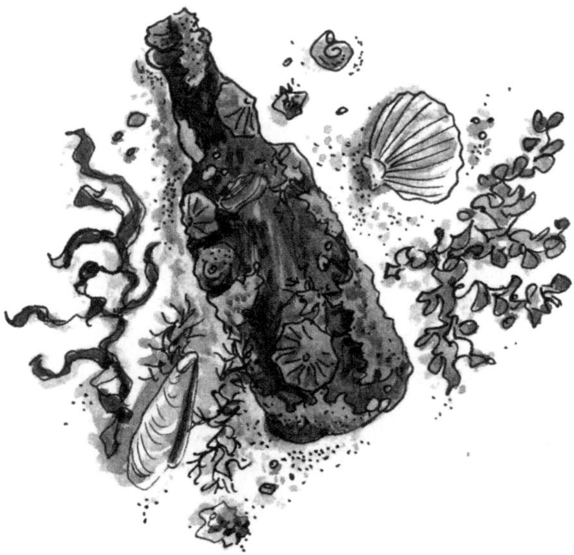

5. Kapitel

Der Sturm hatte viel Verwüstung hinterlassen. Peter Grendel kletterte auf dem Dach der Villa Janssen herum, um die Schäden der letzten Nacht auszubessern. Im Garten sammelte Mick Janssen währenddessen die zerbrochenen Dachpfannen auf.

„Moin, Peter! Kurze Pause gefällig? Ich hab Tee gekocht", rief Mick.

Peter Grendel winkte ab. „Moin, Mick. Das ist nett von dir. Aber wegen der Sturmflut haben wir jede Menge Arbeit, und heute Nacht soll es nochmal losgehen. Da sind orkanartige Böen angekündigt."

Mick nickte. „Da bin ich aber froh, dass du unser Dach vorher noch reparierst."
Peter Grendel kletterte nach unten. „Das ist auch besser so, denn wenn nur ein Dachziegel fehlt, deckt dir der nächste Sturm gleich das ganze Dach ab."
„Ich danke dir, Peter!", sagte Mick erleichtert.
Peter Grendel klopfte seinem Freund auf die Schulter: „Keine Ursache!"

Im und um das Haus herum gab es zwar viel zu tun, aber Emma und Lukas hatten keine Lust, beim Aufräumen zu helfen. Heimlich schlichen sie sich durch den Hintereingang in die Villa. Im Keller zog Lukas seine feuchte, matschige Kleidung aus. Die nassen, schlammverschmierten Turnschuhe stellte er in den Heizungsraum. Von der Wäscheleine angelte er sich einen frischen Pullover und eine Jeans und zog sich an. Dann folgte er Emma, die nach oben ins Bad gerannt war, um die Flasche abzuduschen. Am liebsten hätte sie das Fundstück ihrer Mama geschenkt. Doch Lukas war dagegen.

Die Flasche entfachte den Forschergeist in ihm. Er wollte sie unbedingt untersuchen und herausfinden, woher sie kam und wie alt sie war.
Er holte eine Pinzette und Großonkel Janssens Lupe aus dem Detektivbüro.
„Lass bloß meine Flasche in Ruhe!“, protestierte Emma. „Die hab ich entdeckt.“
„Ich habe sie aus dem Schlick gezogen“, erwiderte Lukas.
Emma verschränkte die Arme vor der Brust. „Und was hast du jetzt damit vor?“
Lukas schüttelte die Flasche. „Hör mal, da ist was drin!“
„Mach sie bloß nicht kaputt, Lukas! Was soll denn da drin sein? Alter Wein oder was?“
Lukas versuchte, den muschelbewachsenen Korken herauszuziehen. Es knirschte. Eine Seepocke fiel ab.
Verärgert nahm Emma ihrem Bruder die Flasche ab. „Hör endlich auf damit!“
„Schon mal was von einer Flaschenpost gehört?“, blaffte Lukas. „Vielleicht ist ein Brief darin! Oder eine geheime Schatzkarte!“

„Und wenn nicht?“, entgegnete Emma. „Dann ist die Flasche kaputt und ich kann sie Mama nicht mehr schenken.“ Genervt verdrehte Lukas die Augen. Dann sah er Emma ins Gesicht und wusste: Wenn sie so entschlossen guckte, hatte er keine Chance.
Da drang der süße Duft von Pfannkuchen in seine Nase. Lukas lief das Wasser im Mund zusammen. Er hatte riesigen Hunger.

„Emma, Lukas!“, rief Mama Sarah von unten. „Essen ist fertig!“

Meistens kochte Papa Mick, aber Mamas Apfelpfannkuchen waren einfach die besten.

Während Lukas schon die Treppe hinunterrannte, nutzte Emma die Gelegenheit und versteckte die Flasche im Wäschekorb im Badezimmer. Dort würde ihr Bruder garantiert nicht nach ihr suchen.

Als sie nach unten in die Küche kam, hatte Lukas schon den ersten Pfannkuchen verdrückt.

6. Kapitel

Die Sonne strahlte vom Himmel. Am Norddeicher Strand hatten sich Lang und Finger in die Dünen zurückgezogen. Für die beiden Gangster deutete nichts darauf hin, dass es eine weitere Sturmflut geben könnte.
Finger legte sich in den Sand, verschränkte die Arme hinter dem Kopf und seufzte wohlig: „Haben wir nicht den schönsten Beruf der Welt, Lang?“
Lang blinzelte in die Sonne. „Ähm, also wir haben doch gar keinen Beruf.“
„Doch, du Trottel, wir sind Gangster.“

Lang zögerte. „Ja, aber das ist nichts mehr für mich“, sagte er dann. „Wir handeln uns nur Ärger ein. Mit Sicherheit sucht uns bereits die Polizei. Und wir haben nicht einmal ein Dach über dem Kopf.“

„Der Himmel ist unser Dach“, erklärte Finger ungeduldig. „Andere sitzen in ihren öden Büros mit Klimaanlage. Und wir können tun und lassen, was wir wollen.“

Lang schlug nach einer Fliege, die um seinen Kopf schwirrte. „Was kannst du eigentlich, Finger? Ich meine, du hast doch überhaupt nichts gelernt.“

Finger verschränkte stolz die Hände vor seiner Brust. „Tja, ich kann Türschlösser knacken, Fahrräder klauen, Ausweispapiere fälschen. Und als Betrüger bin ich auch ganz gut. Weißt du noch, wie ich unserem damaligen Boss Nase billige Zigarren als Luxusware angedreht habe?“

Lang kicherte. „Ja, das war ein Spaß! Ich erinnere mich auch noch daran, wie wir gefälschte Golduhren für teures

Geld verkauft haben. Dabei waren die nur billiger Schrott."

Finger hob den Daumen. „Haha, ja, das kannst du laut sagen."

„Aber … mit unseren krummen Touren können wir uns schlecht irgendwo bewerben", fuhr Lang fort. „Oder hast du schon mal in der Zeitung gelesen: Wir suchen dringend einen Betrüger und Urkundenfälscher für unseren Betrieb?"

„Ach, jetzt mach dir mal nicht ins Hemd", winkte Finger ab.
Lang sah sich um. „Und wo sollen wir heute Nacht schlafen? In den Dünen vielleicht? Im Gefängnis gab es wenigstens ein Bett und warmes Essen."

7. Kapitel

Sarah Janssen ging ins Badezimmer. Sie rümpfte die Nase. Es roch modrig, nach Algen, Salz und Meer. Woher kam nur dieser entsetzliche Geruch? „Du liebe Güte, stinkt das hier“, murmelte sie. Als Erstes überprüfte Sarah die Toilettenschüssel. Aber die war blitzsauber. Dann hielt sie ihre Nase über den Ausguss des Waschbeckens, doch der duftete nach Zitrone.
„Das gibt es doch nicht!“, stöhnte sie. Sarah öffnete den Wäschekorb.

Volltreffer! Ein entsetzlicher Gestank schlug ihr entgegen. Ein paar Socken konnten das nicht sein. Unter Handtüchern entdeckte sie etwas. Es sah aus wie … wie eine Flasche.
„Was ist das denn?“, fragte Sarah laut und hielt sich die Nase zu. Mit spitzen Fingern nahm sie die Flasche heraus und versuchte, sie so weit wie möglich von sich wegzuhalten. Schnell lief sie in die Garage und warf das seltsame Fundstück zielsicher in die Altglastonne. Erleichtert atmete Sarah aus. „Puh, das alte Ding sind wir los.“

Die beiden Geschwister hatten von alldem nichts mitbekommen.
„Boah, das ist voll lecker“, schwärmte Emma. „Aber ich schaff keinen Pfannkuchen mehr.“ Sie schob ihren Teller zur Seite.
„Ich auch nicht“, antwortete Lukas.
„Nun lass uns endlich die Flasche untersuchen.“
Er rannte ins Kinderzimmer. Emma folgte ihm.

Sherlock
Holmes

Suchend guckte sich Lukas im Zimmer um. „Wo ist sie? Ich meine die Flasche! Was hast du damit gemacht?“ Er sah seine Schwester streng an.
Emma nahm ihren roten Stoffelefanten Rüssel fest in den Arm und stellte sich mutig vor Lukas. Der Elefant gab ihr Kraft und wirkte wie ein Schutz für sie.
„Das sage ich dir nicht!“, rief sie.
„Wenn du mit deiner Untersuchung fertig bist, ist sowieso nur noch ein Scherbenhaufen übrig.“
Lukas versuchte nach Rüssel zu greifen.
„Wenn du mir die Flasche nicht gibst, verstecke ich dein blödes Kuscheltier.“
„Lass bloß Rüssel in Ruhe!“
Obwohl die Villa Janssen viele Zimmer hatte, teilten sich die beiden Kinder einen Raum. Auf dem orientalischen

Teppich hatten sie sogar ein Zelt aufgebaut, in dem sie gerne übernachteten. Viel lieber als in ihren Betten. Emma öffnete den Reißverschluss des Zeltes und kroch hinein. „Und mich lässt du auch in Ruhe, kapiert?“, maulte sie.

8. Kapitel

In der Abenddämmerung schleppten Lang und Finger einen Strandkorb in die Dünen. „Oje, mein Rücken!“, stöhnte Lang. „Können wir nicht einfach hier am Strand übernachten?“

„Los, schnell weiter, du Weichei!“, schimpfte Finger. „Sonst sieht uns noch jemand. In den Dünen sind wir sicher!“

Um nicht als Gangster erkannt zu werden, hatten sich die beiden einen Touristenrucksack gestohlen. Der gelbe Pullover, den Lang anhatte, war leider zwei Nummern zu klein. Die Ärmel reichten nur bis knapp

über die Ellenbogen. Dafür passte ihm die blau-weiße Schirmmütze vom FC Schalke 04 wie angegossen. Finger trug ein Piratentuch mit Totenköpfen und eine Regenjacke.
Verstohlen sah Lang seinen Kumpel an. „Können wir nicht tauschen? Ich hätte lieber die Piratenmütze. Ich bin Fan von Werder Bremen. Wenn meine Freunde mich mit der Schalke-Mütze sehen, dann …"
„Papperlapapp!", winkte Finger ab. „Du hast überhaupt keine Freunde."
„Aber ich denke, du bist mein Freund?!", fragte Lang.
„Jaja, mir ist aber egal, welche Mütze du trägst."
Die beiden machten es sich im Strandkorb gemütlich. Langsam versank die Sonne hinter Juist. Die dunklen Wolken, die sich wie Berge über der Insel auftürmten, bekamen dadurch goldene Ränder. Es wehte ein frischer Wind.
„Haben wir es nicht gut?", fragte Finger. Über ihnen kreisten ein paar Möwen.

Er zeigte auf die Raubvögel und schwärmte: „Die sind wie wir, frei und unabhängig. Sie säen nicht und ernten doch und lassen sich von keinem etwas vorschreiben.“

Lang nickte. „Jaja, genau wie wir. Und Hunger haben die auch. Aber im Gegensatz zu denen will ich keine Wattwürmer essen. Eine Bratwurst wäre mir lieber.“

Finger beugte sich vor und reckte sein Gesicht zum Himmel. Am liebsten wäre er mit den Möwen davongeflogen. In dem Moment machte es „patsch!“.

Etwas klatschte in sein Gesicht.

Lang lachte schallend auf. „Ich fasse es nicht, dir hat doch glatt eine Möwe ins Gesicht gesch…“

Wütend stieß Finger seinem Kumpel mit dem Ellenbogen in die Rippen und zischte: „Halt bloß dein Maul!“

Er schnappte sich Langs Schirmmütze und wischte sich damit das Gesicht ab.

„He, was soll das denn?“, maulte Lang. „Das war meine Verkleidung. Jetzt erkennt mich hier doch jeder.“

Das Rauschen des Meeres wurde lauter. Immer höhere Wellen brachen sich am Strand. Der Wind hob die weißen Schaumkronen von den Wellen und trug sie an Land. Es sah aus, als ob dicke Flocken aufgeschäumter Milch durch die Luft fliegen würden.

„Guck mal, Finger, so ähnlich sah es aus, als wir vor vielen Jahren zu viel Waschpulver in die Waschmaschine gefüllt haben und der Schaum oben rausgequollen ist“, sagte Lang.

„Erinnere mich bloß nicht daran!“, antwortete Finger.

„Aber im Gefängnis“, fuhr Lang fort, „mussten wir unsere Wäsche nie selber waschen und sie war immer schön sauber.“

„Ja, ich weiß, dafür haben wir hier eine schöne Aussicht. Guck dir nur diese Riesenwellen an!“, schwärmte Finger.

„Und abends gab es im Knast auch immer etwas Warmes zu essen“, beharrte Lang.

„Mensch, sei ruhig! Mir ist von diesem Gefängnisfraß immer schlecht geworden.“

Lang wiegte den Kopf hin und her.
„Also, die Bohnensuppe war klasse."
„Ja, wenn du nur davon nicht immer so gefurzt hättest."
Ein lauter Donner ließ die beiden zusammenzucken. Finger sah Lang an. Aber der schüttelte den Kopf und grinste.
„Also, das war ich nicht …"
Das Meer wurde von Welle zu Welle unruhiger und peitschte an den Strand. Der Wind blies so stark, dass Finger sein Piratentuch festhalten musste. Die Urlauber, die noch am Strand waren, packten rasch ihre Sachen zusammen und eilten davon. Nach kurzer Zeit war der Norddeicher Strand wie leergefegt. Durch das Pfeifen des Sturmes und das Krachen der Wellen konnten Lang und Finger kaum mehr ein Wort voneinander verstehen.
„Sieh dir mal die schwarzen Wolken an!", brüllte Finger. „Die jagen nur so über den Himmel. So schnelle Wolken hab ich noch nie gesehen."
„Waaas?", schrie Lang. „Du hast noch

nie Wolken gesehen? Hast du einen an der Waffel?“
Regen strömte in langen Fäden herab. Das aufgewühlte Meer machte den Gangstern Angst.
„Hier können wir nicht bleiben!“, schrie Lang.
„Ja, wo sollen wir denn hin?“, erwiderte Finger. „Sollen wir uns eine Ferienwohnung nehmen? Oder ein schickes Hotel mit Sauna und Swimmingpool?“

„Klasse Idee!“, rief Lang begeistert. „Wieso sind wir da nicht früher drauf gekommen?“
Finger tippte seinem Freund an den Kopf. „Weil wir keine Kohle haben, du Spaß-vogel. Wir sind auf der Flucht, schon vergessen? Am besten, wir legen den Strandkorb mit der offenen Seite nach unten und krabbeln drunter! Sonst werden wir hier noch weggeweht ...“
Lang fror. „Ich bin klatschnass“, jammerte er. „Im Gefängnis war es wenigstens schön trocken.“
„Du nervst!“, rief Finger. „Genieße jetzt endlich mal deine Freiheit, anstatt immer nur rumzujammern. Und jetzt pack endlich mit an!“

9. Kapitel

Am nächsten Morgen schien die Sonne milde auf die Villa Janssen. Mick pfiff fröhlich zur Musik aus dem Radio. Am liebsten hörte er *Radio Nordseewelle*. Diesmal hatte das Dach den Sturm gut überstanden. „Gute Arbeit, Peter!", murmelte Mick erleichtert.
Lukas hatte nur blöderweise vergessen, die halbvolle Mülltonne reinzuholen. Der Sturm hatte ihren Inhalt in Kunschewskis Garten auf dem frisch gemähten Rasen verteilt.

Mindestens ein Dutzend Möwen zankten sich um die Abfallreste. Kunschewski stand im weißen Feinrippunterhemd und mit hochrotem Kopf daneben.
„Hasso! Wo bist du denn?“, brüllte er wütend. Dann feuerte der Nachbar zweimal mit seiner doppelläufigen Schrotflinte in die Luft. „Verschwindet, ihr blöden Flugratten! Und zwar dalli!“
Der Sturm hatte Hasso die ganze Nacht lang wachgehalten. Während er nun friedlich neben der Heizung schlummerte, rissen ihn die Schüsse aus dem Schlaf. Ängstlich verkroch er sich hinter dem Sofa.

In der Villa Janssen holte Sarah währenddessen ein frisch gebackenes Brot aus dem Ofen. Es duftete herrlich.
„Oje!“, sagte Mick. „Was macht denn Kunschewski da?“
Mama Sarah sah Lukas ernst an. „Kann es sein, dass du vergessen hast, die Mülltonne reinzuholen? Ich glaube, das gibt Ärger.“

„Ich klär das, Mama“, antwortete Lukas betroffen und wollte aufstehen.
Mick Janssen schüttelte den Kopf. „Auf keinen Fall! Darum kümmere ich mich.“
Kaum hatte Mick das Haus verlassen, wurde die Musik im Radio von einer Sondermeldung unterbrochen:
„Heute Morgen machten Touristen am Norddeicher Strand eine sensationelle Entdeckung. Die Sturmflut der gestrigen Nacht hat nicht nur zu Sand- und Dünenabbrüchen auf den Ostfriesischen Inseln geführt, sondern auch ein Schiffswrack freigelegt. Es befindet sich zwischen Norddeich und Juist. Der Bug und eine Gallionsfigur ragen aus dem Watt. Auch ein abgebrochener Mast ist zu sehen. Vermutlich ist das bislang unbekannte Wrack einige hundert Jahre alt. Unser Reporter vor Ort hält Sie auf dem Laufenden.“
„Hast du das gehört, Mama?“, fragte Emma. „Ist das ein Aprilscherz?“
Sarah Janssen schnitt das Dinkelbrot an. Es duftete herrlich. „Wir haben Mitte

März, Emma. Aber die Meldung ist wirklich erstaunlich. Wollt ihr das Brot mal probieren? Mit Erdbeermarmelade?“

Lukas und Emma sahen sich an. Sie verstanden sich wortlos. Natürlich wollten sie jetzt nur noch zum Strand.

„Tut uns leid!“, sagte Emma. „Aber im Moment haben wir überhaupt keinen Hunger. Wir schauen uns jetzt das Schiffswrack an! Rüssel will es auch unbedingt sehen.“

„Klar, das verstehe ich!“, sagte Sarah. „Aber soll ich euch dann nicht wenigstens zwei Brote schmieren?“

Emma war bereits ins Kinderzimmer gelaufen, um den roten Elefanten zu holen. Während Lukas seine Digicam einpackte, sagte er: „Wir probieren das Brot später, Mama, versprochen!“

Die beiden Geschwister schnappten sich ihre Fahrräder. Emma verstaute das Stofftier in ihrem Rucksack. Nur Kopf und Rüssel guckten oben heraus. Dann radelten sie über die Tunnelstraße Richtung Osthafen. Je näher sie schließlich dem

Norddeicher Strand kamen, desto größer wurde die Neugier der beiden Spürnasen. Sie konnten es kaum erwarten, das Schiffswrack zu sehen. Dieses spektakuläre Ereignis wollten sie sich auf keinen Fall entgehen lassen.

10. Kapitel

Vor lauter Aufregung stellten Emma und Lukas ihre Räder in den Ständer, ohne sie abzuschließen. Einige Schaulustige hatten sich bereits am Strand versammelt. Nicht alle waren für das Watt richtig angezogen.
Holger Bloem, der Chefredakteur des *Ostfriesland Magazins*, begrüßte Emma und Lukas fröhlich: „Na, was machen denn die Nordseedetektive hier?"
Lukas zog seine Digicam aus dem Rucksack und zoomte das Schiffswrack heran. „Das gleiche wie Sie, Fotos machen", grinste er.

„Ist das ein Piratenschiff, Herr Bloem?“, fragte Emma.
„Das werden wir bestimmt bald herausfinden!“, rief Holger Bloem begeistert. „Das Titelbild für die nächste Ausgabe des *Ostfriesland Magazins* steht in jedem Fall fest.“

Der Journalist hatte sich die Hosenbeine hochgekrempelt und stand knietief im Watt. Eifrig suchte er eine gute Position, um zu fotografieren. Eine Möwe saß stolz auf dem abgebrochenen Mast, als würde das Schiff ihr gehören. Ein Radioreporter hielt dem

Bürgermeister von Norden-Norddeich ein Mikrofon hin. „Gerade erreicht uns diese Hörerfrage. Handelt es sich bei diesem Wrack um ein Segelschiff aus der Zeit Störtebekers? Oder ist es gar das Schiff dieses berühmten Freibeuters selbst?"

„Das wissen wir noch nicht", antwortete der Bürgermeister. „Historiker sind bereits auf dem Weg zu uns an die Küste. Wir werden alles tun, um dieses Wrack zu heben. Wir hoffen, viel Neues über die Geschichte Ostfrieslands zu erfahren. Das Wrack könnte eine große Touristenattraktion werden. Es ist ein Geschenk für unsere Küstenregion."

Holger Bloem knipste fleißig. „Ich stelle es mir nicht leicht vor, das alte Schiff zu heben", sagte er. „Da müssen schwere Geräte heran: Kräne, vielleicht sogar ein Bagger. Wir haben es nicht nur mit Ebbe und Flut zu tun. Der Wattboden hier ist nicht sehr fest. Löcher in Schlamm und Schlick werden die Bergungsarbeiten sicher erschweren."

Der Bürgermeister nickte Holger Bloem zu und sagte: „Das fürchte ich auch. Zunächst müssen wir aber dafür sorgen, dass alles abgesperrt wird."
Emma und Lukas schauten sich fragend an. „Das wird aber nicht ganz einfach!", sagte Lukas.
Holger Bloem nickte. „Da hast du wohl recht. Ich glaube kaum, dass Absperrbänder die Nordsee beeindrucken. Bei der nächsten Flut ist hier alles Land unter."
Der Bürgermeister klopfte Lukas ermutigend auf die Schulter: „Hoffen wir einfach mal das Beste, mein Junge", sagte er. „Die freiwillige Feuerwehr und die Polizei haben wir bereits informiert. Mit ein bisschen Glück beginnen morgen früh die Bergungsarbeiten."
Zwei Hobbyschatzsucher liefen mit ihren Metalldetektoren um das Schiffswrack herum und untersuchten das Watt.
Einer kreischte: „Ich hab was, ich hab was!"
Einige Schaulustige liefen schnell zu ihm. Mit bloßen Händen begann er zu graben. „Ich kann es schon fühlen!", rief er.

„Das ist bestimmt ein wertvoller Becher – aus Gold oder aus Silber!“
Triumphierend hielt er sein Fundstück hoch, das sich leider als alte verrostete Bierdose entpuppte.

Aus der Ferne beobachteten die entflohenen Gangster Lang und Finger, was sich da am Strand von Norddeich abspielte.
„Was meinst du, Lang?“, wollte Finger wissen. „Ist da was für uns zu holen?“
Lang winkte ab. „Was sollen wir denn mit einem kaputten Schiff? Lass uns lieber so eine Yacht im Hafen stehlen.“
„Wer weiß!“, erwiderte Finger. „Vielleicht sind da drin Gold und Edelsteine versteckt. Oder alte, wertvolle Waffen!“
Kommissar Stone und zwei Polizisten in Uniform kamen über den Deich. Sie wurden von mehreren Feuerwehrleuten begleitet.
Lang stieß seinen Kumpel Finger an.
„Verdammt, die kommen uns holen!“
Finger nickte. „Los, lass uns erst mal abhauen!“

11. Kapitel

Als die Flut einsetzte und das Schiffswrack langsam von den Wellen überspült wurde, saßen Emma und Lukas neben Holger Bloem auf dem Deich.
Emma hielt ihren Stoffelefanten Rüssel im Arm und fragte: „Meinen Sie, das Wrack versinkt jetzt wieder?“
„Ach was!“ erklärte Holger Bloem. „Das glaube ich nicht. Ich wette, bei der nächsten Ebbe heute Nacht wird das Schiff wieder freiliegen.“
„Beginnen dann sofort die Bergungsarbeiten?“, fragte Lukas.

„Das kann ich mir nicht vorstellen!“, antwortete Holger Bloem. „Das ist sicher zu gefährlich.“

Da fiel es Lukas wie Schuppen von den Augen. „Emma, wir haben doch diese alte Flasche im Watt gefunden!“, rief er aufgeregt.

„Wir?“, brummte Emma. „Ich war das. Oder hast du das schon vergessen?“

„Jaja, schon gut“, lenkte Lukas ein. „Vielleicht hat die Flasche ja etwas mit dem Schiff zu tun.“

Emma überlegte. „Meinst du wirklich?“

„Warum denn nicht?“, fuhr Lukas fort. „Möglicherweise wurde durch die Sturmflut nicht nur das Schiff freigelegt, sondern auch die Flasche an Land gespült.“

„Wenn das so ist, wäre eure Flasche vielleicht mehrere hundert Jahre alt und richtig wertvoll“, mischte sich Holger Bloem ein.

Emma strahlte vor Freude. „Und ich habe sie entdeckt!“

Lukas grinste. „Du bist eben einfach die weltbeste Flaschen-Finderin, Emma.

Und nun sag mir endlich, wo die Flasche ist! Das hast du mir immer noch nicht verraten."
Emma nickte. „Ganz genau. Weil du sie kaputt machen wolltest, habe ich sie im Wäschekorb im Badezimmer versteckt."
Lukas sah Holger Bloem an und zwinkerte ihm zu. „Blödsinn, ich wollte das Ding nicht kaputt machen, sondern wissenschaftlich untersuchen."
Emma verdrehte die Augen. „Ja klar, Lukas!"
Die Kinder stürmten zu ihren Fahrrädern. „Tschüss, Herr Bloem! Wir müssen nach Hause und uns um die Flasche kümmern!"
„Macht's gut, ihr beiden!", rief er hinter ihnen her. „Wenn ihr Genaueres wisst, dann sagt mir Bescheid. Da können wir einen schönen Bericht drüber machen."

12. Kapitel

Ungeduldig durchwühlte Emma den Wäschekorb. „Zum Seehundfurz noch mal! Wo ist die blöde Flasche?“, schimpfte sie.
Lukas guckte ihr über die Schulter. „Na super! Das dachte ich mir fast“, maulte er. „Du hast sie verbummelt.“
„Hab ich nicht!“, verteidigte sich Emma. „Ich weiß ganz genau, dass ich sie hier reingelegt habe.“
Lukas kippte den Wäschekorb aus.
Es war kaum etwas darin.

„Oje!“, stöhnte Emma. „Mama hat bestimmt gewaschen.“ Dann rannte sie die Kellertreppe hinunter. Lukas folgte ihr in den Waschraum. Emma öffnete die Waschmaschine. „Die ist ja voll leer!“, jammerte sie.
Auf dem Wäscheständer hingen viele Kleidungsstücke.
„Ich kombiniere!“, sagte Lukas. „Mama hat, als sie die Wäsche gemacht hat, die Flasche gefunden und abgestaubt. Die steht sicher irgendwo oben rum.“
Emma nickte und rief: „Bestimmt bei den Blumenvasen.“ Sie strahlte hoffnungsvoll und lief ins Wohnzimmer zur Glasvitrine. Darin standen bunte Vasen und wunderschöne Karaffen aus Bleikristall, aber leider keine mit Muscheln bewachsene Flasche. „So ein Mist!“, schimpfte sie enttäuscht.
„Du bist vielleicht eine Trantüte!“, maulte Lukas. „Hättest du sie mir mal gegeben.“
„Mama, Mama!“, rief Emma über den Flur. „Die Flasche, die wir im Watt gefunden haben, ist total wertvoll.

Vielleicht gehört sie zu dem alten Schiff. Wo hast du die denn hingetan?"
Sarah Janssen antwortete nicht. Lukas schnupperte. „Es riecht nach Brathähnchen. Ich glaube, Mama kocht."
Emma riss die Küchentür auf. Aber nicht Mama, sondern Papa Mick stand am Herd. Mit zwei selbst gehäkelten Topflappen holte er gerade ein Backblech mit Hähnchenschenkeln aus dem Ofen. Sie lagen in einem Bett aus Apfelschiffchen. Der zarte Duft von Rosmarin stieg Mick in die Nase. „Mmh, lecker!", schwärmte er. „Emma, Lukas, guckt mal, gleich gibt es Papas super-duper Hähnchenschenkel! Vom Bio-Hühnerhof."
Die Geschwister sahen ihn enttäuscht an. An Essen war für sie gerade nicht zu denken. „Wo ist denn Mama?", wollte Emma wissen.
Mick stellte das heiße Blech auf die Spüle. „Wir haben allen Grund zur Freude. Heute feiern wir eure großartige Mutter und meine wunderbare Frau Sarah. Sie hat die riesige Chance, im Oldenburger

Theater eine Hauptrolle zu spielen. In dem Kriminalstück *Ein tödliches Wochenende*. Sie musste ganz schnell los, da eine Kollegin ausgefallen ist und Sarah nun für sie einspringt. Ich soll euch ganz lieb grüßen."
„Ist ja echt klasse, Papa", stöhnte Lukas. „Aber musst du immer gleich so übertreiben? Ich meine, mit großartig und wunderbar? Das ist ja voll peinlich ..."
Einerseits freute sich Emma für ihre Mama. Andererseits wusste sie nicht, wie sie jetzt an die Flasche kommen sollten. „Papa?", fragte sie. „Kann ich Mama anrufen? Ich muss sie unbedingt was fragen."
Mick schüttelte den Kopf. „Das geht jetzt nicht. Sie hat nur diese eine Probe und dann geht's auch schon los."
„Aber es ist ganz wichtig!", drängelte Emma. „Ich muss sie unbedingt sprechen."
Papa Mick drückte Emma drei Teller in die Hand. „Deckst du mal den Tisch? Und Mama lassen wir in Ruhe ihre Arbeit machen. Das ist heute ganz wichtig für sie."
Lukas holte Messer und Gabeln aus der

Besteckschublade. „Vielleicht kannst du uns ja helfen, Papa!“, sagte er. „Du hast nicht zufällig eine uralte Flasche mit Muscheln und Seepocken dran gesehen?“ Mick verteilte die Hähnchenschenkel auf den Tellern. Jeder bekam drei Apfelschiffchen dazu. „Eine alte Flasche? Nö, keine Ahnung, tut mir leid.“

13. Kapitel

Inzwischen war es Nacht geworden. Dunkle Wolken türmten sich wie Berge über Juist und Norderney auf. Nur wenige Sterne waren zu sehen. Eine schwarze Wolke, die aussah wie der Kopf eines riesigen Dinosauriers, hatte den Mond verschluckt. Das Wasser zog sich zurück. Hungrige Möwen pickten im Watt nach Würmern und Krebsen.

Kommissar Stone saß im Strandkorb nahe der Absperrbänder und hielt Wache. Doch leider war er eingenickt. Eigentlich hätte er längst abgelöst werden sollen, aber sein Kollege Gerdes war nicht gekommen. Gerdes betrieb nebenbei einen kleinen Bauernhof. Wenn eine Kuh kalbte, gab es natürlich nichts Wichtigeres und er musste mit dabei sein. Stone hatte vollstes Verständnis dafür. Er träumte von Milchreis mit Zimt und Zucker, dem Lieblingsessen seiner Kindheit, als Lang und Finger auf Zehenspitzen an ihm vorbeischlichen. Mit ihren Taschenlampen leuchteten die Gangster das Schiffswrack ab. Ein großer Teil davon lag frei.

„Das Watt hier ist voll eklig!“, meckerte Lang. „Dieser Matsch klebt wie Kleister an den Füßen.“

„Stell dich nicht so an, du Mimose!“

„Dose? Was für eine Dose?“, fragte Lang.

„Mimose, du Schwachkopf!“, zischte Finger. „Ich habe Mimose gesagt! Eine Mimose ist eine ganz empfindliche Pflanze.“

Lang verstand nicht. „Sehe ich etwa aus wie diese blöde Pflanze?“

Finger schüttelte den Kopf. „Nein, Mimosen sind schön, sie blühen rosa oder pink." Lang winkte ab. „Wen interessiert das denn, hä? Und was sollen wir hier überhaupt? In diesem doofen Schiff ist für uns doch sowieso nichts zu holen. Das alte Ding ist ja völlig kaputt."
„Denkste!", erwiderte Finger. „Gold und Edelsteine verrotten nicht. Und jetzt sei leise, sonst weckst du noch diesen Polizisten auf."
Mit jedem Schritt patschte das Schlickwatt unter ihren Füßen. Schließlich sackten die Gangster bis zu den Knien ein. Lang verlor das Gleichgewicht und landete kopfüber im Matsch. Stöhnend versuchte er, sich aufzustützen. Doch dabei sanken auch seine Arme im weichen Boden ein.
„Pfui Teufel!" Lang spuckte Schlickwatt aus. „Wären wir doch besser im Knast geblieben! Da war es schön sauber und warm."
„Halt endlich mal den Mund!", flüsterte Finger. „Du weckst den Polizisten auf! Los jetzt, rein ins Schiff."

Durch die Schieflage des Wracks hatte Finger alle Mühe, an Bord zu klettern. Die Planken waren mit Algen und Moos bewachsen. Finger rutschte aus und knallte auf seinen Hintern. Wie auf einer Rutschbahn sauste er auf die Tür der Kapitänskajüte zu. Dabei verlor er seine Taschenlampe. Sie rollte hinter ihm her.

„Hilfe!“, rief er. Da krachte er schon gegen die Tür. Das morsche Holz brach und er landete im ehemaligen Wohnraum des Kapitäns.

„Autsch, tut das weh!“, jammerte er.

„Lang, hilf mir. Ich glaube, ich habe einen Splitter im Hintern.“

„Schrei doch nicht so rum, du Brüllaffe!“, schimpfte Lang. „Ich denke, der Polizist soll nicht wach werden.“

Mühsam rappelte sich Finger auf. Die Taschenlampe blieb neben einem Holzfass liegen. Ihr Lichtstrahl fiel in die Kapitänskajüte und erhellte den Raum. Er musste früher einmal wunderschön gewesen sein. Finger dachte an holzvertäfelte Wände und an prächtige Möbel.

Die Bilder konnte der Gangster nur noch erahnen. Sie waren von Muscheln, Tang und Seepocken überwuchert.
Der Wind pfiff laut durch die Kajüte. Es hörte sich an, als ob er Lang und Finger auslachen würde.
Vorsichtig kletterte nun auch Lang an Deck. Auf allen vieren bewegte er sich vorwärts. Er schnappte sich die Taschenlampe und leuchtete zu seinem Kumpel hinüber. Dabei fiel sein Blick auf eine alte, morsche Holztruhe, die über und über mit Muscheln bewachsen war. An einer Stelle klebte etwas Merkwürdiges. Es schimmerte blau. Lang robbte in die Kajüte. Er nahm das glitschige Ding in die Hand und roch daran.
„Was ist das denn? Das fühlt sich ja an wie Wackelpudding."
Finger versuchte aufzustehen. „Das ist eine Qualle, Blödmann", stöhnte er.
„Igitt!", schrie Lang.
Er schleuderte die Qualle weg und traf damit Finger. Der verlor das Gleichgewicht, stürzte noch einmal zu Boden

und schrie: „Sag mal, spinnst du? Du bist auch zu gar nichts zu gebrauchen." Erneut leuchtete Lang die Truhe ab. Er wischte mit der Hand darüber. An den Ecken erkannte er Scharniere. „Wenn das keine Schatzkiste ist, darfst du Tante Inge zu mir sagen", freute er sich.

Er drückte Finger die Taschenlampe in die Hand und versuchte die Truhe zu öffnen, aber es gelang ihm nicht.
„Lass uns abhauen! Ich habe einen Splitter im Hintern, ich bin nass und stinke", jammerte Finger. „Außerdem ist mir kalt. Und der Polizist wird auch nicht ewig pennen."

„Wer ist denn jetzt hier die Mimose?", fragte Lang. „Ich bin doch nicht blöd und hau jetzt ab. Das Ding hier ist bestimmt voller Gold und Silber."
Finger hielt Lang die Taschenlampe hin und zeigte auf die Truhe. „Na gut, dann mach die Kiste auf."
Mit dem Griff der Lampe schlug Lang ein paarmal auf das rostige Schloss, aber das nutzte nichts.
„Wie du weißt, bin ich der beste Tresorknacker von ganz Ostfriesland und krieg bekanntlich jede Tür auf. Hier würde weder ein Dietrich noch ein Brecheisen helfen."
„Okay, dann nehmen wir die Kiste eben mit", entschied Finger.
„Bist du dir sicher?", fragte Lang. „Die ist bestimmt ganz schön schwer."
„Stell dich nicht so an!", schimpfte Finger. „Sind wir Gangster oder Weicheier?"
Gemeinsam versuchten sie, die Truhe von Bord zu schaffen. Als Lang und Finger die schwere Kiste über die Reling hoben, brach das morsche Holz in zwei Hälften.

„Na klar, da helfen weder Dietrich noch Brecheisen“, spottete Finger.

„Da ist eh nichts drin!“, verteidigte sich Lang. „Schau doch selbst! Wir haben eine leere, alte Holzkiste geklaut.“

Finger zeigte auf die Planken. „Da liegt was, guck mal! Das muss aus der Kiste gefallen sein.“

Lang leuchtete auf eine kleine Elfenbeinschatulle, die mit wunderschönen filigranen Schnitzereien verziert war. „Sieh dir das an, Finger!“, staunte er. „Was für ein Schmuckstück! Das Kistchen ist ziemlich gut erhalten.“

Finger hob den Daumen. „Das Ding nehmen wir mit. Und jetzt nichts wie weg von hier!“

Als sich die Gangster auf den Deich zubewegten, lachten sie laut. Kommissar Stone hatten sie einfach vergessen. Ihr Gelächter riss den Polizisten aus seinen Träumen.

Er sah die beiden mit der Taschenlampe herumfuchteln und rief: „Halt! Stopp! Polizei!“

Lang und Finger erschraken und rannten davon. Doch Stone war schneller und hatte

sie bald eingeholt. Lang blieb keuchend stehen. „Ich kann nicht mehr, ich hab Seitenstechen …"
Finger wollte sich nicht ergeben und stürzte sich auf Kommissar Stone. Der Polizist drehte Finger den rechten Arm auf den Rücken und versuchte ihn festzuhalten. So wie er es auf der Polizeischule gelernt hatte. Da schlich Lang von hinten an den Kommissar heran und trat ihn in die Kniekehle. Damit hatte Stone nicht rechnen können. Er knickte ein und verlor das Gleichgewicht. Der Polizist taumelte und stieß mit seinem Kopf gegen einen Strandkorb. Benommen blieb er liegen.
Finger schüttelte seinen Arm aus. „Aua, das hat echt wehgetan!", fluchte er. „Der Blödmann hat mir bestimmt die Finger gebrochen! Außerdem bin ich müde. Ich friere, mein Hintern brennt und ich will ins Bett!"
„Lass uns verschwinden, bevor der Typ wieder wach wird", schlug Lang vor.
Finger war einverstanden. Gemeinsam rannten sie in Richtung Norddeich.

14. Kapitel

Als Emma und Lukas am nächsten Morgen in der Garage nach der alten Flasche suchten, hörten sie ein lautes, klirrendes Geräusch. Es klang, als ob jemand sehr viel Porzellan zerschlagen würde, wie auf einem Polterabend. Sie sahen sich an. Emma und Lukas wussten sofort, was los war: Die Altglascontainer an der Ecke wurden geleert.
„Denkst du, was ich denke?“, fragte Lukas erschrocken.
Emma schüttelte den Kopf. „Du glaubst doch nicht, dass unsere Mama eine so wertvolle Flasche ins Altglas geworfen hat.“

Lukas zuckte mit den Schultern. Sofort rannten die Geschwister los.
Papa Mick öffnete das Küchenfenster und rief seinen Kindern nach: „He, was ist passiert?“
Doch Emma und Lukas drehten sich nicht einmal um.
Atemlos blieben sie vor den Containern stehen. Einer hing bereits am Kran in der Luft. Aufgeregt zeigte Emma auf die runde Öffnung des Containers.
Der mit Muscheln und Seepocken bewachsene Flaschenhals ragte dort heraus. „Guck mal, Lukas. Da ist sie!“
Lukas klopfte an die Fahrertür des LKWs. „He, halt, stopp!“
Der Fahrer hieß Focko Nett und genauso war er auch. Er ließ die Scheibe herunter. „Was ist los, mein Junge?“
„In dem Container ist was unheimlich Wichtiges drin!“, erklärte Lukas. „Eine ganz wertvolle Flasche!“
„Die hat unsere Mama aus Versehen weggeworfen“, ergänzte Emma.

Focko schüttelte den Kopf. „Das tut mir leid, Kinder! Einmal Altglas, immer Altglas! Da kann ich nichts machen."
„Bitte!", flehte Emma. „Können Sie den Container nicht noch einmal runterlassen?"
„Das ist gegen die Vorschriften", sagte Focko. „Eure Mama kauft euch bestimmt eine neue."
Lukas ärgerte sich und tippte sich an die Stirn. Aber Emma stieß ihren Bruder an und zischte: „Hör auf damit, du Blödmann! Du verscherzt es dir noch mit ihm. Lass mich mal machen."
Emma guckte so traurig wie möglich und sah Focko an. „Ach bitte, bitte, machen Sie doch eine Ausnahme", sagte sie weinerlich. „Nur ein einziges Mal. Es ist doch meine Lieblingsflasche!"
Lukas nahm Emma tröstend in den Arm. „Sehen Sie, gleich heult sie wieder."
„Nein, bitte nicht weinen!", murmelte Focko. Er hatte ein weiches Herz und konnte es nicht mitansehen, wenn

Kinder traurig waren. Emma schluchzte auf. „Okay, okay! Für euch mache ich eine Ausnahme“, stöhnte er.
Er drückte einen großen Knopf und setzte den Container langsam wieder auf dem Boden ab. Dabei fiel die Flasche aus der Öffnung und zerschellte auf dem Asphalt.
Focko erschrak. „Oje, also das tut mir echt leid, Kinder. Dass die Leute die Container aber auch immer so vollstopfen müssen.“
Mit spitzen Fingern hoben Emma und Lukas ein paar Scherben auf. Da entdeckten sie zwischen dem Glas mehrere zusammengerollte Stücke Pergamentpapier. Sie waren vergilbt und brüchig. Vorsichtig sammelten sie das Papier ein.
Focko entlud den letzten Container. Krachend fiel das Altglas auf die Ladefläche des LKWs. Der Müllmann verabschiedete sich. „Ich muss dann mal wieder. Macht’s gut, ihr beiden.“
Emma winkte ihm zu.

„Tschüss und trotzdem vielen Dank!
Sie sind wirklich nett!“
Focko lachte und zwinkerte Emma
und Lukas zu.
„Stimmt! Focko Nett.“

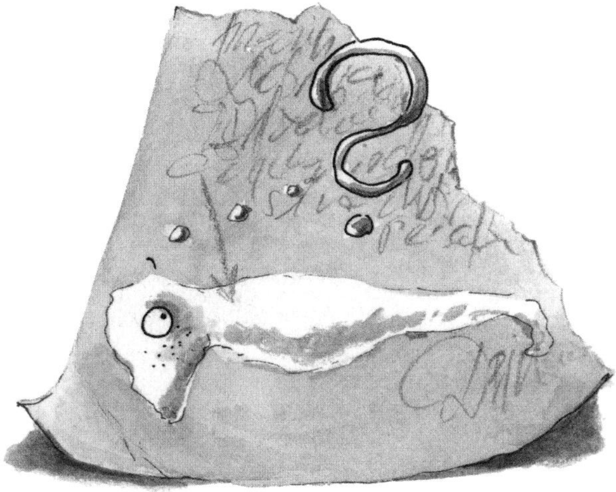

15. Kapitel

Im Detektivbüro ihres Großonkels Theodor C. Janssen machten sich die Geschwister an die Arbeit. „Das … das ist ein Brief!“, rief Emma. Sie hatte die Papierteile aufgerollt und versuchte, sie wie ein Puzzle zusammenzusetzen.

Lukas untersuchte die verwaschene Schrift mit einer großen Lupe. „Sieh mal, Emma. Ich glaube, da steht ‚*Liebste*‘ und ‚*Beute gemacht*‘ und ‚*auf Insel versteckt*‘.“

Fast andächtig las Emma mit. „Tatsächlich!“, staunte sie. „Auf irgendeiner Insel muss also ein Schatz versteckt sein.“

„So was Blödes, ich kann nicht alles lesen!“, maulte Lukas. „Aber zwei Papierteile passen schon mal zusammen. Immerhin.“
„Das Zeichen hier sieht irgendwie aus wie ein großes Seepferdchen.“
„Seepferdchen?“, fragte Lukas ungläubig.
„Vielleicht war das der Name eines Schiffes“, entgegnete Emma. „Oder der Seemann nannte seine Liebste so.“
Lukas schüttelte den Kopf. „Das glaube ich nicht! Mädchen, ey! Wer nennt denn seine Freundin Seepferdchen?“
Emma lachte. „Also, ich finde, das ist ein sehr schöner Kosename.“
Vergeblich versuchte Lukas noch etwas auf dem alten Papier zu entziffern.
„Lass uns doch mal im *Handbuch für gute Detektive* nachsehen“, schlug Emma vor. „Vielleicht hat Großonkel Theo einen Tipp für uns.“
„Na klar!“, spottete Lukas. „Bestimmt finden wir im Kapitel ‚Liebesbriefe‘ oder ‚Flaschenpost‘ was.“
„Nein, du Schnarchzapfen! Steht im Buch nicht etwas über das Entziffern

SPUREN
LUPEN ABC
KAMERAS

von Geheimschriften und so?“
Lukas nickte. „Logo! Aber das hier ist keine Geheimschrift. Der Brief ist einfach nur alt und verwaschen.“
Emma ließ nicht locker. „Trotzdem, lass uns nachsehen.“
Sie schlug das Handbuch auf und blätterte darin herum.
Schon nach wenigen Minuten strahlte sie vor Begeisterung und rief: „Volltreffer! Hier steht:

Entschlüsselung unsichtbarer Schriften – Geheimtinte

Um geheime Botschaften schriftlich festzuhalten, wird gerne unsichtbare Tinte benutzt. Apfelsaft, Buttermilch, Zitronensaft und Essig eignen sich sehr gut dafür. Geheimtinte wird mit einem echten Federkiel oder einem Kolbenfüller zu Papier gebracht. All diese Flüssigkeiten enthalten Säure. Diese verätzt das Papier und lässt es schneller altern. Ein mit Geheimtinte geschriebener Text ist für das bloße Auge nicht erkennbar. Man kann die Schrift aber durch Wärme sichtbar machen. Hier möchte ich aber davor warnen, das Papier über eine Kerze zu halten. Es fängt schnell Feuer und das wäre zu gefährlich. Am besten verwendet man einen Föhn oder ein Bügeleisen."

„Na, ganz toll", winkte Lukas ab. „Wenn das hier auf dem Pergament eine Geheimschrift wäre, könnten wir das alles ausprobieren und anwenden. Wir haben es aber leider nicht mit einer Geheimschrift zu tun."
„Warte doch mal!", bat Emma. „Onkel Theo hat noch mehr geschrieben:

Inzwischen werden auch synthetische, unsichtbare Tinten verwendet, die nicht durch Wärme, sondern nur durch Hintergrundlicht sichtbar werden. Als mein alter Freund Dr. Johannes Übelacker seine Arztpraxis aufgelöst hatte, hinterließ er mir für diesen Zweck einen gebrauchten Röntgenbildbetrachter. Ich konnte damit einen Erpresser dingfest machen, der Buchstaben aus der Zeitung ausgeschnitten und auf Papier geklebt hatte. Die so entstandenen Erpresserbriefe untersuchte ich mit dem Röntgenbildbetrachter. Bei einem entdeckte ich unter den zusammengeklebten Zeitungsschnipseln den Abdruck von einem früheren Brief. Anhand seiner eigenen Handschrift konnte der Übeltäter schließlich überführt werden."

Lukas Blick fiel auf den Röntgenbildbetrachter, der vor ihm an der Wand hing. Er hatte sich immer gefragt, wozu Meisterdetektiv Theodor C. Janssen dieses Ding gebraucht hatte. Jetzt wusste er es. Lukas knipste das Gerät an. Das Licht flackerte. Mit ein paar Tropfen Klebstoff klebte Emma die Einzelteile des Briefs zusammen und fixierte sie

behutsam auf einer Klarsichtfolie. Dann hängte sie den Brief an die beleuchtete Fläche des Röntgenbildbetrachters. Lukas versuchte die Schrift zu entziffern. Dabei bewegte er die Lupe langsam über den Brief. „Tatsächlich!“, freute er sich. „Es klappt, man kann fast alles lesen!“
„Nun mach schon!“, drängelte Emma. „Ich will auch wissen, was da steht.“ Sie hielt die Spannung kaum mehr aus. Fast andächtig las Lukas vor:

„Meine Liebste,

ich vermisse dich sehr. Aber das Glück war uns hold. Wir haben große Beute gemacht. Unser Schiff, die Drachenwelle, ist auf dem Weg nach Hause, mit über 30 Mann an Bord. Heute Nacht erwarten wir heftige Stürme, der Blanke Hans wird unser Schiff angreifen. Und an Bord geht der Klabautermann um.
Letzte Nacht sind wir gegen ein Riff gefahren. Aber mach dir keine Sorgen.

Der Kapitän versichert uns, dass wir die restliche Fahrt heil überstehen werden. Die Schiffe der Krone verfolgen uns. Falls sie uns erwischen, werden sie sehr enttäuscht sein. Denn wir haben das ganze Gold und den Schmuck längst in Sicherheit gebracht. Es ist alles auf einer Insel versteckt.
Meine Liebste, ich hoffe, dass wir uns bald in die Arme schließen können. Dann werden wir reich sein und ich muss nie wieder auf Seefahrt gehen."

Statt einer Unterschrift zierte ein kleines, gezeichnetes Seepferdchen das Papier. Es lag auf der Seite. In ihm steckte ein Pfeil.
„Voll krass!", stieß Emma hervor. „Wie alt mag dieser Brief wohl sein?"
Lukas zuckte mit den Schultern. „Keine Ahnung, ich schätze, der ist mindestens hundert, vielleicht zweihundert Jahre alt."
Emma nickte. „Die Flaschenpost hat bestimmt ein Matrose für seine Freundin oder für seine Frau ins Meer geworfen – kurz bevor das Schiff gesunken ist."

Lukas sah Emma an. „Du meinst, er wusste, dass das Schiff sinkt?“
„Bestimmt!“, antwortete Emma. „Ist das nicht romantisch?“
„Quatsch“, winkte Lukas ab. „Von wegen romantisch. Der Mann hat seiner Liebsten einen Hinweis darauf gegeben, wo der Schatz versteckt ist.“
„Aber da steht doch nur was von irgendeiner Insel …“, gab Emma zu bedenken.
„Eben“, antwortete Lukas. „Ich vermute, nur sie sollte den Hinweis verstehen.“
Emma war begeistert. „Du meinst, der Brief enthält eine verschlüsselte Nachricht?“
Lukas hob seinen Daumen. „Garantiert, darauf kannst du wetten.“

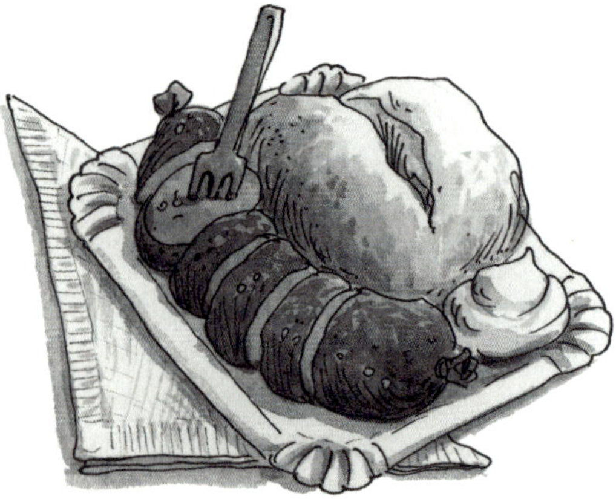

16. Kapitel

Vor dem *Haus des Gastes* in Norddeich stand eine Bierbude. Dort gab es Fischbrötchen und Würstchen vom Grill. Es war genau die Situation, in der die Gangster Lang und Finger sich wohlfühlten. Zwischen all den Touristen fielen die beiden nicht auf. Der Shanty-Chor sang gerade das Lied „An der Nordseeküste“. Fröhlich stimmte Lang mit ein: „… sind die Fische im Wasser und selten an Land …“

Er hätte die ganze Welt umarmen können. In der Elfenbeinschatulle hatten sie eine Schatzkarte aus Pergamentpapier gefunden. Finger hielt sich genervt die Ohren zu. „Geht deine blöde Singerei vielleicht

noch ein bisschen lauter?“, schimpfte er. „So schief, wie du singst, vertreibst du sogar die Möwen.“
Lang lachte. „Bleib mal locker, alter Kumpel. Bald hat das armselige Gangsterleben ein Ende. Wir sind reich! Darf ich dem Herrn noch eine Wurst spendieren?“
„Du bist vielleicht ein Idiot!“, meckerte Finger. „Schatzkarte hin oder her. Du gibst die Kohle aus, die wir noch gar nicht haben.“
„Ach was!“, winkte Lang ab. „Sei nicht so eine Spaßbremse.“
„Man soll das Fell des Bären nicht verkaufen, bevor man ihn erlegt hat“, mahnte Finger.
Lang sah sich um. „Häh, Bär? Wo ist hier ein Bär?“
Finger verdrehte die Augen. „Vergiss es einfach.“
Lang erhob sich von der Bierbank und zog Finger ein Stück zur Seite. „Komm, wir holen uns den Schatz jetzt sofort, dann bist du endlich beruhigt“, sagte er leise. Lang war überzeugt davon, dass sie schon bald sehr reich sein würden. Finger sah

das etwas anders. Er tippte auf die Schatzkarte und grübelte: „Also, ich kapier das nicht. Hier steht zwar was von einem Meer, und Wege sind auch eingezeichnet. Sogar ein dicker Pfeil ist zu sehen. Und guck mal da! Das hier sieht aus wie ein Drachenei. Vielleicht ist das ein Stein oder so. Nur wo genau und in welchem Land sich der Schatz befinden soll, ist

mir schleierhaft. Ist das hier China, Afrika oder Deutschland?“
Ungeduldig betrachtete Lang die Karte. „Sperr deine Augen auf, Dumpfbacke. Das hier ist ganz klar eine Nordsee-Insel. Sieht doch jeder.“
Finger sah Lang beleidigt an. „Aha, und welche der Nordsee-Inseln soll das sein, du Affenkopf?“

„Das weiß ich doch nicht", maulte Lang. „Bin ich ein Lexikon? Am besten klappern wir alle Inseln ab. Weit kann der Schatz ja nicht sein."
Finger legte eine Hand auf seinen Arm. „Warte, wir haben es ja nicht eilig. Der Schatz läuft uns nicht davon. Vorher möchte ich es den beiden Rotzlöffeln heimzahlen."
Lang verstand nicht. „Häh, wem?"
„Na, den beiden Quälgeistern, die uns beim letzten Mal in den Knast gebracht haben. Schon vergessen?"
„Ach, den beiden!", sagte Lang. „Du meinst Emma und Lukas."
„Genau die!", brummte Finger. „Mit denen haben wir noch eine Rechnung offen. Die machen wir fertig. Dann holen wir uns den Schatz und verschwinden!"

17. Kapitel

An diesem Abend sollte es Reibekuchen mit Apfelkompott geben. Emma und Lukas liebten Micks Kartoffelpuffer. Es fehlten nur noch die Eier. Und so beschloss Mick zur *Ostfriesischen Milchkanne* in die Nordseestraße zu fahren. In der Käserei gab es außerdem Dickmilch mit Zimt und Zucker, die er so gerne aß. Für seine Kinder wollte er Sanddornjoghurt als Nachtisch kaufen. Mick schwang sich auf sein Fahrrad. Ein bisschen Bewegung würde ihm guttun. Als Schriftsteller verbrachte er immer viel Zeit am Schreibtisch. Außerdem

hoffte Mick, dass er durch die frische Luft seinen Kopf wieder etwas frei bekommen würde. Kurz bevor er in die Norddeicher Straße einbog, kamen ihm Lang und Finger entgegengeradelt. Die Fahrräder hatten die beiden einfach neben der Bierbude geklaut. Mick bemerkte die beiden Gangster nicht einmal, so sehr war er in seine Gedanken versunken. Selbst beim Radfahren bastelte er an seinem neuen Roman. Lang deutete zu ihm hinüber und raunte Finger zu: „Den verblödeten Schreiberling sind wir schon mal los! Jetzt knöpfen wir uns seine Brut vor, haha! Ich will sie jammern hören. Für jeden verdammten Tag, den ich ihretwegen im Gefängnis gesessen habe, sollen sie eine Träne weinen."
„*Eine* Träne? Hast du *eine* Träne gesagt?", empörte sich Finger. „Ein Meer voller Tränen! Einen ganzen Ozean sollen die Blagen heulen."
Hinter einer Hecke direkt neben der Villa Janssen stellten die beiden ihre Fahrräder ab.

Nachbar Kunschewski saß in seinem Vorgarten im Liegestuhl und sonnte sich mit einer Tasse Kaffee in der Hand. Wenn es nach ihm gegangen wäre, hätte man die alte Villa nach dem Tod von Theodor C. Janssen einfach abgerissen. Aber nein! Mick Janssen, der völlig verpeilte Neffe, musste ja unbedingt dort einziehen – samt seiner Frau und den völlig missratenen Kindern. Schlimmer hätte es nicht kommen können. Kunschewski öffnete die Augen. Er kraulte seinen Wachhund Hasso hinter den Ohren und sah sich aufmerksam um. Im Moment war alles friedlich.

„Jetzt knöpfen wir uns die Kinder vor“, zischte Finger.
„Und“, fragte Lang, „haben wir einen Plan?“
Finger strich sich über das Kinn. „Na klar, einen sehr guten sogar. Wir klingeln an der Tür und wenn die Kinder öffnen, schnappen wir sie uns!“
„Boah, raffiniert!“, lobte Lang. „Wie bist du da nur drauf gekommen?“

18. Kapitel

Im Detektivbüro stand Emma vor der ostfriesischen Landkarte, die an der Wand hing. Mit einem Finger zeigte sie auf die Stelle, wo sie die Flaschenpost gefunden hatten. „Hm“, murmelte sie. „Der Fundort ist wirklich nicht weit von dem Wrack entfernt. Ich wette, der Seemann und die Flaschenpost waren mit an Bord, als das Schiff gesunken ist. Aber woher ist das Schiff gekommen?“ Sie fuhr mit den Fingern über die sieben Ostfriesischen Inseln: Borkum, Juist, Norderney, Baltrum, Langeoog, Spiekeroog und Wangerooge. Emma stockte. „Guck dir mal die Insel hier an, Lukas!“, sagte sie und tippte auf Wangerooge.

N
Nordsee
S

Lukas nahm die Lupe und untersuchte die Insel genauer. „Was soll da sein?“, fragte er. „Das ist Wangerooge und einer der schönsten Sandhaufen der Welt, sagt Papa jedenfalls immer.“
Emma trat einen Schritt zurück und betrachtete die Landkarte aus größerer Entfernung. Sie lächelte. „Fällt dir wirklich gar nichts auf, Lukas?“
„Doch!“, antwortete Lukas. „Es klingelt unten an der Tür.“
„Papa hat bestimmt wieder seinen Schlüssel vergessen“, winkte Emma ab. „Wenn er an seinem Roman schreibt, dann ist er nicht besonders alltagstauglich, wie Mama das nennt.“
„Ich mach Papa eben auf“, sagte Lukas.
„Warte doch mal!“, bat Emma. „Guck dir das an. Das Seepferdchen in unserem Brief hier sieht genauso aus wie …“
Jetzt klingelte es Sturm.
„Wangerooge!“, stieß Lukas hervor. „Du hast recht. Das ist gar kein Seepferdchen, sondern die Insel Wangerooge.“
Emma nickte. „Ganz genau. Die Insel

hat die Form eines Seepferdchens. Und der Pfeil zeigt bestimmt die Stelle, an der die Piraten den Schatz vergraben haben."

Lukas klopfte Emma anerkennend auf die Schulter. „Klasse, damit sind wir ein riesiges Stück weitergekommen! Los geht's, wir müssen nach Wangerooge!"

Er stürmte die Treppe hinunter. „Da wird Papa aber staunen", rief er. „Das ist ein neuer Fall für die Nordseedetektive!"

Lukas riss die Tür auf und rief: „Papa, Papa! Wir ..."

Er zuckte zusammen. Vor ihm standen die beiden Gangster Lang und Finger und grinsten ihm entgegen. Lang machte einen Schritt nach vorne. Sofort knallte Lukas die Tür wieder zu. Sie traf Lang voll an der Nase. Ihm schossen Tränen in die Augen. „Aua, aua, das tut weh!", jaulte er. „Na warte, du Bürschchen."

Lukas verriegelte die Tür von innen. „Emma!", schrie er. „Das ist nicht Papa. Diese doofen Volltrottel sind wieder da! Du weißt schon, diese Gangster!"

Draußen vor der Tür beschwerte sich Lang: „Wir wollten denen doch wehtun. Und nun haben sie mir wehgetan. Ich blute aus der Nase, verdammt. Die wird bestimmt ganz dick."
Vom Detektivbüro aus rief Emma: „He, Lukas, erzähl keinen Mist! Das ist nicht witzig."
Lukas eilte die Treppe hoch. Er war völlig außer Atem. „Ich mach keine Scherze. Lang und Finger sind da draußen!"
Emma erschrak. „Das gibt es doch nicht. Was wollen die denn hier? Ich dachte, die sitzen längst im Gefängnis?" Sie griff sofort zum Telefon und wählte 1-1-0. Kommissar Stone versprach, sofort zu kommen und sagte: „Bleibt ganz ruhig, Kinder. Versteckt euch, ich bin gleich da."
Die Kinder versuchten, sich gegenseitig Mut zu machen. „Wir beide und die Nordsee …", flüsterte Lukas.
„… überstehen jeden Sturm!", ergänzte Emma. Sie sahen sich fest an. Sie durften keine Zeit verlieren. Augenblicklich folgten sie dem Rat des Kommissars.

Emma versteckte sich in der Küche unter der Spüle. In dem Schrank roch es nach Putzmitteln. Es war stockdunkel. Ihr Herz raste. Sie traute sich kaum zu atmen. Lukas verkroch sich hinter dem Ohrensessel im Wohnzimmer bei der großen Standuhr. Von hier aus konnte er das Eisbärenfell sehen, das vor dem großen offenen Kamin lag. Der Kopf des Bären zeigte in seine Richtung. Die Glasaugen sahen erstaunlich echt aus, und das Gebiss mit den spitzen Zähnen war furchterregend.

Das Badezimmerfenster war gekippt, ein Kinderspiel für Lang und Finger. Im Handumdrehen stiegen sie in die Villa Janssen ein.

„Jetzt geht's den beiden aber an den Kragen!“, näselte Lang und hielt sich ein Taschentuch an seine blutige Nase. „Du guckst oben nach, Finger, und ich hier unten!“

„Worauf du dich verlassen kannst“, flüsterte Finger.

Lang ging in die Küche, um nach den Kindern zu suchen. Dort lagen die übrig gebliebenen Hähnchenschenkel vom Vortag auf dem Blech. Mick hatte vergessen sie einzufrieren. Als der Gangster die knusprigen Teile sah, konnte er nicht widerstehen und biss in einen der Schenkel hinein. Dabei sah er sich um. Er guckte unter dem Tisch nach und im Kühlschrank.

Emma hörte seine Schritte. In ihrem Versteck unter der Spüle hatte sie ein großes Problem. Eines der Putzmittel reizte ihre Nase. Sie musste niesen.
„Na, wen haben wir denn da?“ Lang klopfte grinsend an die Spüle.
Emma schluckte. Sie wusste, dass sie keine Chance hatte. Ängstlich hielt sie sich die Augen zu. Sie traute sich nicht mehr zu atmen.
Langsam öffnete Lang die Schranktür.
Aus seinem Versteck im Wohnzimmer beobachtete Lukas voller Sorge, was in der Küche geschah. Er musste seiner Schwester helfen und handelte, ohne lange nachzudenken. Er kroch zum Eisbärenfell und legte es sich um. Grunzend und knurrend bewegte er sich auf allen vieren in Richtung Küche.
Lang packte Emma und zog sie aus dem Spülschrank heraus. Emma nahm all ihren Mut zusammen und biss ihm in die Hand.
„Aua! Aua! Das Biest hat mich gebissen!“, schrie der Gangster.

„Uuuuuah!“, brüllte Lukas.
„Fass, Lasse! Mach ihn fertig!“, schrie Emma.
Erschrocken ließ Lang Emma los und floh zu seinem Freund Finger in den oberen Stock.
„Die haben hier einen dressierten Eisbären als Haustier!“, keuchte er. Finger riss die Augen auf.
Sofort schlossen sich die beiden Gangster im Detektivbüro ein.
„Verrammel die Tür!“, befahl Lang.
Finger stellte einen Stuhl unter die Türklinke.
„Wir wollten denen doch Angst machen. Jetzt hab ich Schiss“, beschwerte sich Lang. „Wer konnte denn wissen, dass die so ein blödes Vieh im Haus haben …“
Lukas packte seine Schwester am Arm.
„Los, raus hier!“, rief er.
Er war immer noch in das Fell gewickelt, als sie nach draußen rannten.
Für Kunschewski sah es so aus, als würde Emma von einem Eisbären verfolgt werden. Der Nachbar rieb sich die Augen.

„Das gibt es doch nicht. Was ist nur aus unserer Tunnelstraße geworden?“ Vorsichtshalber lief er ins Haus und holte sein Gewehr.
Schnell streifte Lukas das Fell ab und kletterte hinter Emma in den Birnbaum. Dort warteten sie ungeduldig auf die Polizei.

19. Kapitel

Im Büro von Meisterdetektiv Theodor C. Janssen hatten Lang und Finger den leuchtenden Röntgenbildbetrachter entdeckt.
„Was ist das denn hier?“, brummte Lang. „Guck mal, hier hängt so eine Art Liebesbrief.“
Finger trat näher. „Ich fasse es nicht! Hast du das gelesen? Der Brief passt genau zu unserer Karte. Siehst du das kleine Seepferdchen hier?“
„Ja und?“, fragte Lang genervt. „Was hat ein blödes Seepferdchen bitte schön mit unserer Karte zu tun?“

„Du kapierst aber auch gar nichts!“, schimpfte Finger. Er rollte die Karte aus und verglich die Zeichnung mit dem Seepferdchen auf dem Brief. Dann lachte er laut los. „Unser Schatz befindet sich auf der Insel Wangerooge, du Schlafmütze.“
„Bingo!“, freute sich Lang. „Du bist gar nicht so blöd, wie du aussiehst. Wir müssen uns beeilen, bevor die Kinder uns die Tour vermasseln.“
Lang faltete die Folie mit dem Brief zusammen und steckte sie in seine Hosentasche. „Wir fahren nach Wangerooge!“, jubelte er.
„Aber was ist mit den Kindern?“, fragte Finger.
„Vergiss die beiden!“ Lang grinste. „Wer interessiert sich noch für die?“
In dem Moment hörten sie das Martinshorn eines Polizeiwagens. Finger öffnete das Fenster. „Nix wie weg hier. Die Bullen kommen! Die Treppe nehmen wir auf keinen Fall. Dort unten ist doch dieses blöde Monster“, flüsterte er.
„Im Haus laufen wir außerdem der Polizei

direkt in die Hände“, erwiderte Lang und schwang sich auf das Fensterbrett.
Über das eiserne Rosengitter gelangten die beiden in den Garten. An den Dornen der Rosen riss sich Lang den Pullover auf.
„Mein schöner Pulli! Schau dir das mal an!“, heulte er.
„Stell dich nicht so an!“, meckerte Finger. „Bald kannst du dir Hunderte von Pullovern kaufen.“

Da kam Kunschewski mit dem Gewehr aus dem Haus gerannt.
„Schnell weg hier“, zischte Finger.
Rasch flohen die Gangster zu ihren Rädern und retteten sich unbemerkt auf die Meerseite des Deiches.

Als Kommissar Stone vor der Villa Janssen aus seinem Auto stieg, war von Lang und Finger nichts mehr zu sehen.
„Herr Wachtmeister, Herr Wachtmeister!“, zeterte Kunschewski. „Hier rennt ein Eisbär herum! Er ist groß, riesengroß! Ein ganz gefährliches Raubtier!“
Kommissar Stone sah den Nachbarn durchdringend an. „Nun fuchteln Sie mal nicht so mit ihrem Gewehr herum. Wenn einer gefährlich ist, dann sind Sie das. Hier in Ostfriesland gibt es keine Eisbären. Haben Sie eigentlich ein Waffenschwein? Äh … Ich meine, einen Waffenschein?“
Oben aus dem Baum meldeten sich Emma und Lukas. „Hallo Herr Kommissar, hier sind wir! Hier oben!“, rief Emma.

„Die beiden Gangster Lang und Finger sind bei uns eingebrochen."
„Aber denen haben wir es gegeben!", ergänzte Lukas stolz.
„Kümmern Sie sich nicht um diese zwei frechen Gören, Herr Polizist", schimpfte Kunschewski. „Die machen sowieso nur Mist. Fangen Sie besser den Eisbären, der hier sein Unwesen treibt."
Kommissar Stone zeigte auf das Bärenfell, das am Fuß des Birnbaums lag, und grinste. „Der Eisbär muss wohl sehr verärgert gewesen sein. Sieht ganz so aus, als sei er aus der Haut gefahren."
Rot vor Wut stampfte der Nachbar zurück in sein Haus.
Sollten dieser Kommissar und die verrückten Janssen-Kinder doch machen, was sie wollten, dachte er.

20. Kapitel

Als Mick Janssen von seinem Einkauf in der *Ostfriesischen Milchkanne* zurückkam, staunte er nicht schlecht. Emma und Lukas saßen mit Kommissar Stone auf der Veranda. Die Kinder erzählten dem Polizisten ganz genau, was sie erlebt hatten.

„Also ihr zwei, Beweise gibt es für all das nicht", sagte Stone. „Es klingt schon sehr abenteuerlich, dass ihr zwei Schwerverbrecher in die Flucht geschlagen habt. Und dass jetzt auch noch ein Schatz auf einer Insel vergraben sein soll, ist doch

ziemlich starker Tobak. Ich fürchte, da ist die Fantasie mit euch durchgegangen."
Mick nickte stolz. „Oh ja, Herr Kommissar. Ich habe sehr fantasievolle Kinder. Das haben sie von mir. Ich habe mir als Kind auch schon immer Geschichten von Piraten, Seeungeheuern und verborgenen Schätzen ausgedacht."
Emma stampfte mit dem Fuß auf. „Papa, glaub du uns doch wenigstens. Die zwei Gangster waren wirklich hier."

„Und in der alten Flasche, die wir im Watt gefunden haben, war ein Brief mit dem Hinweis auf einen Schatz", ergänzte Lukas.
Der Polizist nahm Mick Janssen zur Seite und erklärte leise: „Es sind tatsächlich einige Sträflinge aus dem Gefängnis ausgebrochen. Die Kinder haben das bestimmt im Radio gehört. Unter ihnen sind Lang und Finger. Und mit den beiden hatten Emma und Lukas ja schon einigen Ärger."
„Ach so", folgerte Mick. „Und Sie denken jetzt, meine Kinder haben Angst vor denen und erfinden deshalb solche Geschichten? Da muss ich Ihnen widersprechen, Herr Kommissar. Dieses Piratenschiff im Watt regt vielleicht ihre Fantasie an. Aber haben Sie nicht mitbekommen, wie aufgeregt Emma und Lukas sind? Wenn die beiden sagen, dass diese Gangster hier waren, dann glaube ich ihnen."
Kommissar Stone strich sich mit der Hand über die Beule an seinem Hinterkopf.

Er erinnerte sich nur ungern daran, wie er nachts am Strand von zwei Männern überwältigt worden war. Am Ende waren ihm die beiden auch noch entwischt. Aber das wollte er vor Familie Janssen natürlich nicht zugeben.

Der Polizist räusperte sich und erklärte: „Vielleicht haben Sie ja recht und an der Geschichte ist wirklich was dran. Wie dem auch sei, die Fahndung nach Lang und Finger ist in vollem Gange.“

Mick Janssen holte seine Einkäufe aus der Fahrradtasche. „Wollen Sie noch mit uns essen? Heute gibt es Kartoffelpuffer mit Apfelmus. Und zum Nachtisch leckeren Joghurt, frisch aus der Käserei.“

Kommissar Stone schüttelte den Kopf. „Nichts lieber als das. Aber ich muss mich jetzt erst einmal um Lang und Finger kümmern. Die Jungs gehören wieder hinter Schloss und Riegel.“

21. Kapitel

Emma und Lukas hielten es fast nicht mehr aus. Am liebsten wären sie sofort nach Wangerooge gefahren. Gleichzeitig hatten sie einen Bärenhunger und saßen mit großem Appetit vor ihren Tellern. In der Küche roch es nach geschmolzener Butter und den geriebenen Kartoffeln, die in der Pfanne brutzelten. Micks Kartoffelpuffer schmeckten den Kindern ganz hervorragend.

Emma und Lukas wussten nicht, wie sie ohne Geld nach Wangerooge kommen sollten. Und eines war sicher: Ihr Vater würde ihnen nie erlauben, allein auf die Insel zu fahren, um gegen Gangster zu kämpfen und einen Schatz zu suchen.

Aber warum sollten Emma und Lukas nicht einmal Glück haben? Sie hatten sogar ein unglaubliches Schweineglück.

Lukas aß gerade seinen dritten Kartoffelpuffer mit Apfelmus, als das Telefon klingelte. Emma hob ab. „Detektei Janssen, was kann ich für Sie tun?“, meldete sie sich.

Mick Janssen erwartete noch einen Anruf von seinem Verleger und warf seiner Tochter einen missbilligenden Blick zu.

„Mama!“, freute sich Emma. „Wie war dein Auftritt und wie geht es dir?“

Emma drückte auf den Lautsprecherknopf, sodass alle mithören konnten.

Sarah Janssen war überglücklich.

„Die Leute haben stehend Applaus geklatscht. Das Theaterstück war grandios“, schwärmte sie. „Und stellt euch vor, Kinder, wir machen eine Tournee über die Ostfriesischen Inseln – und ich werde mit dabei sein.“

„Wirklich?“, fragte Lukas interessiert.

Emma ahnte, was ihr Bruder gerade dachte.

„Herzlichen Glückwunsch, mein Schatz!“, rief Mick. „Das hast du dir aber auch verdient.“
„Danke, danke! Stellt euch vor“, fuhr Sarah fort, „heute Abend fahre ich mit nach Wangerooge. Wir treten im Kleinen Kursaal direkt an der Strandpromenade auf. Von dort kann man direkt auf’s Meer sehen. Von Wangerooge aus geht’s dann weiter nach Langeoog, Norderney, Spiekeroog, Juist und Borkum.“
Mick holte die nächste Portion Kartoffelpuffer aus der Pfanne. „Wie schön!“, rief er. „Ich habe mal eine Lesereise über die Inseln gemacht. Das Publikum dort ist sehr angenehm und Künstlern wohlgesonnen.“
Emma zwinkerte Lukas verschwörerisch zu. „Oh, dann sehen wir dich ja lange nicht, Mama“, jammerte sie. Sie versuchte, besonders traurig zu klingen.
„Mach dir keinen Kopf, Mama!“, sagte Lukas. „Wir kommen schon klar.“
„Jetzt muss ich aber auflegen“, erklärte Sarah. „Unser Bus fährt gleich los.

Ab Harlesiel geht es dann mit dem Inselflieger weiter. Macht's gut, meine Lieben!"
„Tschüss!", riefen Emma, Lukas und Mick im Chor.
Kaum hatte Emma aufgelegt, sah sie Mick mit ihrem süßesten Lächeln an. Sie wusste, wenn sie so guckte, konnte er ihr nichts abschlagen.
„Papa, wollen wir nicht nach Wangerooge fahren und Mama überraschen? Sie freut sich ganz bestimmt, wenn wir bei dem Theaterstück zugucken."
„Tolle Idee, meine Kleine!", lobte Mick seine Tochter. „Aber ich kann jetzt unmöglich hier weg. Mein Roman ist längst überfällig. Der Verlag drängelt und ich muss das Buch so schnell wie möglich zu Ende schreiben. Ich brauche Ruhe und …"
Lukas setzte eine mitfühlende Miene auf. „Aber Papa, dafür haben wir doch vollstes Verständnis. Und du kochst auch noch so lecker für uns, gehst einkaufen und überhaupt. Ich hoffe nur, dass Mama nicht allzu traurig ist, wenn niemand von uns zuguckt."

Mick war hin- und hergerissen. „Wisst ihr was, Kinder? Ich habe eine Idee", sagte er schließlich und strahlte über das ganze Gesicht.
„Und ich dachte, er käme nie drauf", flüsterte Emma ihrem Bruder zu.
Lukas ermunterte seinen Vater. „Welche denn, Papa? Verrate sie uns."
„Was haltet ihr davon, wenn ihr Mama auf Wangerooge besucht?", rief Mick begeistert.
„Bestimmt könnt ihr bei meinem Freund Peter Kuchenbuch-Hanken übernachten. Ich ruf ihn gleich mal an. Peter ist Lehrer an der Inselschule. Die nächste Fähre geht in zwei Stunden. Ich fahre euch gleich nach Harlesiel zum Fähranleger. Packt doch schnell ein paar Sachen zusammen."
Emma und Lukas jubelten. Emma klemmte sich ihren roten Stoffelefanten unter den Arm. Ohne ihn konnte sie unmöglich woanders übernachten.
„Wir brauchen den Detektivkoffer, das Nachtsichtgerät und die Digicam", raunte Lukas ihr zu, während sie die Treppe hinaufstürmten.

22. Kapitel

Die Nordsee war rau. Ein kräftiger Wind schüttelte die Fähre hin und her. Auf dem Außendeck hielten sich nur wenige Menschen auf. Emma klammerte sich an ihren Stoffelefanten. Ihr war mulmig zumute. „Lass uns lieber unter Deck gehen, Lukas“, bat sie.

Als die beiden Kinder die Treppe hinuntergingen, wäre Emma fast gestürzt. Aber unten stand ein kräftiger Ostfriese mit Kugelbauch und weißem Bart und fing sie auf. „Hoppla, mein Mädchen! Das ist gerade nochmal gut gegangen.

Wir haben heute aber auch einen ganz schönen Seegang."
Der nette Mann lächelte Emma zu.
„Das können Sie laut sagen", sagte sie unsicher.
Emma und Lukas setzten sich auf eine gepolsterte Bank ans Fenster. Die weiße Gischt der Wellen klatschte gegen die runden Bullaugen.
„Ein bisschen unheimlich ist mir das Meer schon", stöhnte Emma. „Wäre ich doch besser bei Papa auf dem Festland geblieben."
Lukas liebte die stürmische See. „Die Nordsee ist eben kein stiller Teich. Hey, schau mal hier!" Er deutete auf eine Inselkarte, die neben ihm an der Wand hing. „Emma, erinnerst du dich noch an den Pfeil und das Seepferdchen aus dem Brief? Die Stelle, an der der Schatz versteckt ist, müsste doch ungefähr hier sein, oder?"
Lukas zeigte mit seinem Finger auf die Karte.
Emma zuckte mit den Schultern. „Keine Ahnung."

„Wenn wir nur wüssten“, fuhr Lukas fort, „aus welcher Zeit der Brief des Seemanns genau stammt.“
„Warum ist das so wichtig?“, wollte Emma wissen.
„Na ja, die Inseln verändern sich im Laufe der Zeit. Ich hab mal gelesen, dass Wangerooge langsam von Westen

nach Ostern wandert. Und die Stelle, die der Pfeil markiert hat, liegt heute vielleicht ganz woanders."
Emma kicherte. „Aber Lukas, Inseln wandern doch nicht! Die haben ja gar keine Füße."
Lukas lachte. „Aber wandern können sie trotzdem." Dann schoss er mit seiner Digicam ein Foto von der Inselkarte und und fuhr fort: „Der Wind aus Nord-West pustet den Sand Richtung Osten. Da wird die Insel länger."
Emma verstand. „Aha, und im Westen wird die Insel weniger, oder wie?"
Der kräftige Ostfriese mit dem weißen Bart hatte inzwischen an einem Nebentisch Platz genommen. „Das ist richtig", mischte er sich ein. „Aber wisst ihr was? Nicht nur der ständige Wind verändert die Insel, auch die Sturmfluten nagen an ihr."
Gebannt hörten Emma und Lukas zu. „Vor über 150 Jahren lag der Ortskern ganz im Westen", erzählte der alte Ostfriese. „Bei den Sturmfluten zum

Jahreswechsel 1854/55 ist er regelrecht abgesoffen. Im Osten haben die Insulaner ihr Dorf dann erneut aufgebaut. Das neue Inseldorf liegt mittlerweile fast in der Mitte von Wangerooge."
Emmas Augen leuchteten. „Das ist ja spannend!"
Lukas schaute noch einmal auf die Inselkarte und verglich sie mit dem Foto auf seiner Digicam. „Das Bild ist gut geworden. Die Karte werden wir später auf der Insel brauchen", sagte er. Lukas tippte auf die Wandkarte und sagte: „Also meiner Meinung nach saß der Pfeil hier."
„Ach", staunte der alte Ostfriese, „dann seid ihr auf der Suche nach der Kriegsgräberstätte. Die liegt nämlich genau dort."
Emma sah den Mann fragend an. „Kriegsgräberstätte? Für die Piraten? Oder was ist das genau?"
Der Ostfriese kratzte sich am Bart. „Nein, die ist nicht für Piraten. Wenige Tage vor Ende des Zweiten Weltkrieges wurde die Insel leider bombardiert.

WANGEROOGE

Man kann sich das kaum vorstellen. Etwa 6000 Bomben sind auf das kleine Fleckchen Erde gefallen. Dass Wangerooge überhaupt noch existiert, ist ein Wunder."
Lukas schüttelte den Kopf. „Das ist ja schrecklich."
„Allerdings!", sagte der Ostfriese. „Für die Opfer wurde ein Denkmal errichtet, die Kriegsgräberstätte."
Emma verstand. „Damit so etwas nie wieder geschieht, oder?"
„Genau deshalb", antwortete der Mann. „Das einzige, was man vom Krieg lernen kann, ist, dass man ihn verhindern muss."
Emma und Lukas nickten stumm.

Auf Wangerooge angekommen, stiegen die Kinder in die Inselbahn um. Emma und Lukas genossen die Fahrt durch die Salzwiesen. Hin und wieder wurden Vogelschwärme aufgeschreckt, die den Zug ein Stück begleiteten. Emma entdeckte den Westturm der Insel, der für sie aussah wie das Schloss von Graf Dracula. Dort wohnten allerdings keine Vampire, Monster oder Hexen. Es war eine sehr beliebte Jugendherberge. Am Bahnhof verabschiedeten sich Emma und Lukas von dem netten Ostfriesen, der ihnen viel über Wangerooge erzählt hatte. Sie liefen die Zedeliusstraße entlang und kamen am rot-weißen Leuchtturm vorbei, vor dem sich gerade eine Hochzeitsgesellschaft versammelt hatte.

„Wenn ich mal heirate“, schwärmte Emma, „möchte ich auch in dem Leuchtturm heiraten.“

„Du nervst!“, maulte Lukas. „Los jetzt! Wir haben noch jede Menge zu tun.“

Emma war begeistert. „Guck dir mal das tolle Brautkleid an, Lukas.“

Er stöhnte.

Sie spottete: „Jungs haben von so etwas echt keine Ahnung.“

Sie liefen weiter Richtung *Café Pudding* und blieben vor der Inselbuchhandlung stehen. Lukas wollte hineingehen.

„Wir fragen da drin mal nach der Kriegsgräberstätte, von der der Mann auf der Fähre gesprochen hat. Der Schatz muss ganz in der Nähe vergraben sein."
Emma hielt sich eine Hand an die Stirn und guckte in die Ferne. „Oder wir folgen den beiden Knalltüten da drüben, Lukas. Ich wette, die wissen, wo der Schatz vergraben ist."
„Das sind doch Lang und Finger!", rief Lukas.
„Und die dürfen uns auf keinen Fall hier sehen!", ergänzte Emma.

Die Kinder versteckten sich hinter der Litfaßsäule vor der Buchhandlung. Dort hing ein Plakat, das den heutigen Auftritt von Mama Sarahs Theatergruppe ankündigte.

Eigentlich hatten sich die beiden Gangster mit Spaten, Pickel und schwerem Werkzeug ausrüsten wollen, um den Schatz zu heben. Aber im Spielzeugladen *Von Ahn* konnten sie nur vier bunte Plastikschaufeln, einen kleinen roten Eimer und einen rosa Rechen als Set erwerben.
„Na klasse", fluchte Finger, „sollen wir den nächsten Banküberfall mit einer Wasserpistole machen, oder was?"
„Halt die Schnauze, Finger. Das ist besser als gar nichts. Wenn wir den Schatz gefunden haben, kaufen wir uns richtiges Werkzeug aus Stahl."
„Du Volltrottel!", schimpfte Finger. „Wenn wir den Schatz gefunden haben, brauchen wir gar kein Werkzeug mehr. Dann mache ich nichts mehr. Dann lieg ich nämlich

unter Palmen, lass mir die Sonne auf den Pelz scheinen und schlürfe Drinks mit bunten Schirmchen drin, kapiert?"
Sie gingen am *Hotel Hanken* vorbei zur Oberen Strandpromenade. Lang bog links ab und steuerte auf die Eisbude vor dem Restaurant *Friesenjung* zu. Über den Wellen, die sich kraftvoll am Strand brachen, kreisten Möwen. Die weiße Gischt des rauschenden Meeres erzeugte feinen Nebel. Viele Urlauber gingen am hellen Sandstrand spazieren.
„Ich hol mir erst mal ein Eis", freute sich Lang und stellte sich in der Schlange vor der Eisbude an. „Am liebsten esse ich Stracciatella, Erdbeer und Haselnuss."
„Sag mal, spinnst du?", meckerte Finger, der ihm wütend hinterhergestapft war. „Einen Dreck wirst du! Es wird bald dunkel, wir müssen los!"
„Aber ich brauch was zur Stärkung", protestierte Lang. „Alle Leute holen sich ein Eis. Und erst dieser grandiose Blick aufs Meer …"

„Diese Leute hier sind ja auch Touristen!“, brummte Finger. „Die machen Urlaub. Wir sind Gangster. Auf der Flucht. Schon vergessen?“

Lang sah jetzt aus wie ein trotziges Kind. „Ich will auch lieber ein Tourist sein, kein Krimineller. Und ich will ein Eis.“

Emma und Lukas waren den beiden Gangstern unbemerkt gefolgt.

Emma blieb stehen. „Warte kurz, Lukas. Gib mir mal deine Digicam.“

Sie holte das Foto von der Inselkarte aufs Display.

„Diese Typen gehen doch in die falsche Richtung, oder nicht?“, wunderte sie sich. „Laut der Inselkarte liegt die Kriegsgräberstätte nicht hier am Strand, sondern im Inneren der Insel, Richtung Westen.“
Als hätten Lang und Finger Emma gehört, schlugen sie nun doch den richtigen Weg ein. Auf der Anton-Günther-Straße bogen sie in den Fußweg Zum Westen ein. Lautlos folgten ihnen die beiden

Nordseedetektive. Ein Stück hinter der Kriegsgräberstätte kämpften sich die Gangster zielstrebig durch Hagebuttenhecken und Sanddornsträucher und erreichten endlich die Dünen. Emma und Lukas versteckten sich hinter einem Hagebuttenstrauch und lauschten aufmerksam dem Gespräch.

Finger rollte die Schatzkarte auf und verglich sie mit dem Platz, an dem sie standen.

„Wir haben die Stelle gefunden!“, jubelte er und zeigte auf einen Findling. „Das ist der Stein, der aussieht wie ein Drachenei. Auf der Karte sieht er fast genauso aus. Er scheint sich im Laufe der Jahre kaum verändert zu haben.“
Lang betrachtete die Schatzkarte. „Du hast recht, genau so ist der Stein auf der Landkarte verzeichnet!“, freute sich Lang. „Und direkt daneben müsste der Schatz vergraben sein.“
Neben ihnen im Dünengras raschelte es. Lang zuckte zusammen. „Hier gibt es aber keine Schlangen, oder?“
Finger drückte Lang die Kinderschaufel in die Hand. „Quatsch nicht rum, du Hasenfuß, fang endlich an zu graben! Bald werden wir reich sein.“
Mit seiner Digicam knipste Lukas Lang und Finger, wie sie sich mit dem Kinderspielzeug abmühten. Emma musste sich beherrschen, um nicht laut loszulachen. „Ich würde den beiden Spinnern gerne noch weiter zusehen“, flüsterte sie ihrem Bruder zu. „Aber ich

schlage vor, wir rufen die Polizei. Beweisfotos haben wir ja jetzt genug."
Durch seine Digicam sah Lukas plötzlich nur noch Lang. Der andere Gangster war verschwunden.
Emma nahm das Handy und wählte die Nummer der Kriminalpolizei. Doch noch bevor Kommissar Stone sich meldete, erklang Fingers fieses Lachen hinter ihr.
„Na, wen haben wir denn da? Guck mal, Lang, heute ist unser Glückstag!", rief er seinem Kumpel zu. „Die beiden Rotznasen aus der Villa Janssen sind gekommen, um uns beim Graben zu helfen."
„Lauf, Emma, lauf!", rief Lukas. Emma rannte los. Mit ihrem Ärmel blieb sie in einem Dornenbusch hängen. Lukas stellte Finger ein Bein, um ihn daran zu hindern, seine Schwester zu fangen.
„Schnell, kommen Sie schnell", schrie Emma ins Handy. „Wir sind auf Wangerooge bei der Kriegsgräberstätte! Lang und Finger sind hier. Sie bedrohen uns."
Finger stolperte über Lukas' Füße, aber

er fing sich schnell wieder und rannte weiter. Der Gangster packte Emma von hinten und zerrte sie an ihren roten Haaren aus dem Gestrüpp. Dann nahm er ihr das Handy ab.
Lang hatte Lukas' Digicam einkassiert und freute sich: „Die bringt sicher auch noch ein paar Euro." Er drückte Emma und Lukas die Plastikschaufeln in die Hand. „Los jetzt! Graben!"
Finger hatte ein altes Fischernetz im Sand gefunden. Er band es den Kindern um den Bauch. Das andere Ende hielt er fest in der Hand. Den Kindern blieb nichts anderes übrig, als sich an die Arbeit zu machen. Das Graben war allerdings nicht ganz einfach. Auch Lang wurde unruhig.
„Mit den kleinen Schaufeln kann das ja ewig dauern. Lass uns lieber abhauen. Die Kleine hat schon die Polizei gerufen."
„Ohne Schatz hau ich nicht ab!", protestierte Finger. „Es fahren keine Fähren mehr und der letzte Flieger ist auch schon weg. Sobald es dunkel ist,

ist die Insel nicht mehr erreichbar. Die Polizei kann also gar nicht mehr hierher kommen.“

„Aber auf Wangerooge gibt es doch sicher auch Polizisten“, erwiderte Lang.

Finger winkte ab. „Mit denen werden wir schon fertig. Wir sind doch Profis.“

Lukas kniete im Sand und wischte sich den Schweiß von der Stirn. „Ich mach euch einen Vorschlag. Wir graben hier weiter und schicken euch den Schatz einfach zu, sobald wir ihn gefunden haben. Wohin ihr wollt.“

Lang war begeistert. „Das ist eine klasse Idee. Dann können wir abdüsen, bevor die Polizei da ist.“

Finger tippte sich an die Stirn. „Du bist vielleicht ein Volltrottel, Lang! Diese Gören wollen uns doch nur reinlegen. Du glaubst doch nicht im Ernst, dass die uns den Schatz zuschicken?“

„Aber bis die Kinder den Schatz mit den Plastikschaufeln ausgegraben haben, dauert es eine Ewigkeit“, entgegnete Lang. „Bis dahin werden wir geschnappt.

Ich dachte, du willst nicht mehr in den Knast."
Finger überlegte. „Da hinten am Fußweg Zum Westen hab ich eine Baustelle entdeckt. Dort stehen vielleicht ein paar richtige Schaufeln rum."
Er lief los, um sein Glück zu versuchen. Wenige Minuten später kam er mit zwei Spaten zurück. Einen davon gab er Lukas, den anderen hielt er Lang vor die Nase. „Du hilfst den Kindern jetzt, verstanden?"

Lang guckte verwirrt. „Ich? Wieso ich?“
„Ja, soll ich den Bürgermeister fragen, oder was?“, schimpfte Finger.
In diesem Moment stieß Lukas mit seinem Spaten auf etwas Hartes. Das Geräusch hatten auch Lang und Finger gehört. Sofort schoben sie die Kinder zur Seite und gruben mit den Händen weiter, bis der Deckel einer Schatztruhe sichtbar wurde. Die Gangster brachen in lautes Gelächter aus. „Wir haben den Schatz!“, jubelten sie. „Wir sind reich! Wir sind reich!“
Während die Sonne langsam im Meer versank und den Horizont rot färbte, bargen Lang und Finger die hölzerne Truhe. Emma und Lukas wurden immer nervöser. Hoffentlich würde die Polizei gleich eintreffen.
Als Lang das Schloss knackte und den schweren Deckel öffnete, näherte sich endlich ein Hubschrauber. Das helle Scheinwerferlicht jagte über die Dünen. Emma und Lukas sprangen auf und winkten aufgeregt.

„Mist!“, schimpfte Lang. „Das ist unfair! Die wollen uns holen. Ausgerechnet jetzt, wo wir … Finger, schau dir das mal an! So viel Gold und … Wir sind reich!“
Finger stieß seinen Freund zur Seite.
Auch Emma und Lukas trauten ihren Augen nicht, als sie in die Kiste sahen.
Der Hubschrauber kreiste jetzt genau über dem Fundort zwischen den Dünen.
Das Piratengold strahlte im Scheinwerferlicht. Die Edelsteine blitzten und funkelten. Lukas hielt sich eine Hand vor die Augen, um nicht geblendet zu werden.
„Boah, ist das schön!“, freute sich Lang.
„Nein, das ist nicht schön! Das ist total doof. Wie sollen wir denn jetzt noch mit der schweren Kiste abhauen? Die Polizei ist doch da oben …“, beschwerte sich Finger.
„Und wenn wir das Angebot der Kinder doch annehmen?“, fragte Lang.
Finger guckte verwirrt. „Was für ein Angebot?“
„Na, dass sie uns den Schatz schicken … Wir können ja jetzt türmen und später sagen wir ihnen, wo wir uns versteckt halten …“

„Gute Idee!“, lobte Lukas und lachte auf.
Da erklang Stones Stimme von oben aus dem Polizeilautsprecher:
„Hier spricht die Kriminalpolizei! Ergeben Sie sich! Jede Gegenwehr ist sinnlos.“
Lang rannte einfach los, aber in der Dunkelheit stolperte er über eine Wurzel. Er fiel direkt vor die Füße der beiden Inselpolizisten, die inzwischen eingetroffen waren. Kommissar Stone hatten sie nach Emmas Anruf sofort informiert.
Einer der Inselpolizisten leuchtete Lang ins Gesicht. „Na, wen haben wir denn da?!“, sagte er. „Das ist doch einer der Flüchtigen. Ich habe gerade eben ein Fahndungsfoto von euch zwei Ganoven heraus gegeben.“
„Ihr blöden Knalltüten!“, schimpfte Lang. Er stand auf und versuchte noch einmal zu fliehen.
„Vergiss es, Kumpel!“, rief der zweite Polizist und versperrte Lang den Weg.
Der Hubschrauber setzte zur Landung an und verursachte dabei heftigen Wind. Emma und Lukas warfen sich auf den

Boden und hoben schützend die Hände über ihren Kopf.

Finger, der gerade einen goldenen Becher unter sein Hemd stopfte, verlor das Gleichgewicht und landete mit dem Hintern im Sand. Auch er hatte keine Chance.

Nachdem der Hubschrauber gelandet war, stieg Kommissar Stone aus. Er war in Begleitung des Journalisten Holger Bloem.

Die beiden Gangster ergaben sich widerstandslos.

„Gut, dass Sie da sind, Herr Wachtmeister!“, rief Finger. „Die Kinder wollten den Goldschatz stehlen, aber wir haben ihn gerettet.“

„Jaja“, lachte Stone. „Das habe ich mir schon gedacht …“

Als nächstes hörten Lang und Finger das Klicken der Handschellen.

„Das ist unfair!“, jammerte Lang.

„Halt jetzt endlich die Klappe! Dein Gezetere hält ja kein Mensch aus“, blaffte Finger ihn an.

Holger Bloem fotografierte inzwischen die Kinder und den wertvollen Piratenschatz.

„Mit ein bisschen Glück bringe ich die Geschichte morgen als Erster!“, freute er sich. „Emma, Lukas, bitte recht freundlich!“

Die Nordseedetektive lachten in die Kamera. Sie waren überglücklich.

Im *Friesenjung* spendierte Holger Bloem ihnen einen großen Burger mit Pommes frites und jeder Menge Ketchup. Während der Journalist sie interviewte, machten sich Emma und Lukas hungrig über ihr Essen her. Holger Bloem wollte alles ganz genau wissen. Die Kinder erzählten die ganze Geschichte und ließen kein Detail aus.

Nach dem Essen wurde Emma unruhig. „Lass uns zu Mama in den Kleinen Kursaal gehen, Lukas. Vielleicht erwischen wir sie noch!“

Sarah Janssens Auftritt auf Wangerooge war ein großer Erfolg. Sie weinte fast vor Glück, so begeistert wurde sie von den Zuschauern gefeiert. Das Publikum gab stehenden Applaus und warf kleine, bunte Blumensträuße auf die Bühne. Als Sarah sich zum dritten Mal verbeugte, entdeckte sie Emma, Lukas und Holger Bloem, die gerade den Kursaal betraten. Überrascht und voller Freude winkte Sarah ihren Kinder zu. Dann rannte sie los, um sie in den Arm zu nehmen.

23. Kapitel

Als Mick Janssen am nächsten Morgen bei einer Tasse Ostfriesentee die Zeitung las, staunte er nicht schlecht. Von Seite eins lachten ihm nicht nur seine Kinder, sondern auch seine Frau entgegen. „Nordseedetektive retten Piratenschatz – Flüchtige Gangster gefasst", las Mick und: „Großartiger Theaterabend mit Sarah Janssen".

Ostfriesischer Kurier
Unabhängige und überparteiliche Tageszeitung für den Landkreis Aurich
Nordseedetektive retten Piratenschatz – Flüchtige Gangster gefasst
Großartiger Theaterabend mit Sarah Janssen

Im Innenteil des *Ostfriesischen Kuriers* gab es ein Foto und einen Bericht über das alte Schiffswrack, das am Norddeicher Strand entdeckt worden war.
„Ich fass es einfach nicht!“, murmelte er und hätte sich fast an seinem Tee verschluckt. Immer wieder guckte er ungläubig auf die Fotos.
Mick war mulmig zumute. Seine Kinder hatten sich bestimmt in große Gefahr begeben. Gleichzeitig war er sehr stolz auf Emma und Lukas. Und auf seine Frau Sarah. Er wollte unbedingt wissen, ob es seiner Familie gut ging, und griff zum Telefon. In dem Moment, als er den Hörer abnehmen wollte, klingelte es. Aufgeregt hob Mick Janssen ab. Als er die fröhliche Stimme seiner Tochter hörte, stiegen ihm Tränen des Glücks in die Augen.

© Holger Bloem

Das Autorenpaar **Klaus-Peter Wolf und Bettina Göschl** lebt in der ostfriesischen Stadt Norden. Zusammen schreiben sie für den JUMBO Verlag die international erfolgreiche Kinderbuchreihe *Die Nordseedetektive*. Klaus-Peter Wolf ist zudem für seine Ostfriesenkrimis berühmt, die immer wieder die Bestsellerlisten anführen. Bettina Göschls Kinderlieder sind aus der KiKA-Sendung *SingAlarm* und der Radiosendung *Bärenbude* auf WDR 5 bekannt.

© Simon Povazan

Franziska Harvey studierte Grafik-Design mit den Schwerpunkten Illustration und Kalligraphie und ist Mutter von drei inzwischen erwachsenen Kindern. Seit vielen Jahren arbeitet sie begeistert und erfolgreich als hauptberufliche Illustratorin in Frankfurt am Main. Mit ihrem unverkennbaren lebendigen Tuschestrich hat sie bereits über zweihundert Kinderbücher bebildert. Neben der beliebten Reihe *Die Nordseedetektive* sind im JUMBO Verlag unter anderem *Romeo und Julia* und *Die wunderbare Reise nach Farbula* mit ihren Illustrationen erschienen.

Spannende Fälle mit

Buch · ISBN 978-3-8337-3382-6
136 Seiten mit vielen farbigen Illustrationen

Buch · ISBN 978-3-8337-3485-4
152 Seiten mit vielen farbigen und schwarz-weißen Illustrationen

Buch · ISBN 978-3-8337-3533-2
168 Seiten mit vielen farbigen und schwarz-weißen Illustrationen

Und wer lieber genüsslich zuhören möchte …

CD Folge 1
EAN 4012144340825

CD Folge 2
EAN 4012144350220

CD Folge 3
EAN 4012144353429

„Clevere Kids, ein herzensguter aber leicht verpeilter Vater, eine Mutter, die ständig auf Tournee ist und ein Handbuch für gute Detektive, mehr braucht man nicht für einen guten Kinderkrimi."
Veit Hoffmann, Buchhandlung Hoffmann in Achim

den Nordseedetektiven

Buch · ISBN 978-3-8337-3597-4
160 Seiten mit vielen farbigen und schwarz-weißen Illustrationen

Buch · ISBN 978-3-8337-3865-4
176 Seiten mit vielen farbigen und schwarz-weißen Illustrationen

Buch · ISBN 978-3-8337-3971-2
148 Seiten mit vielen farbigen und schwarz-weißen Illustrationen

CD Folge 4
EAN 4012144361325

CD Folge 6
EAN 4012144389527

CD Folge 7
EAN 4012144402226

„Logisches Denken, die richtigen Schlüsse ziehen, handeln: spannende Spurensuche für Nachwuchsdetektive."
yango family über *Die Nordseedetektive. Das geheimnisvolle Haus am Deich*

Buch · ISBN 978-3-8337-4137-1
164 Seiten mit vielen farbigen und schwarz-weißen Illustrationen

Buch · ISBN 978-3-8337-4293-4
172 Seiten mit vielen farbigen und schwarz-weißen Illustrationen

Buch · ISBN 978-3-8337-4457-0
160 Seiten mit vielen farbigen und schwarz-weißen Illustrationen

CD Folge 8
EAN 4012144415127

CD Folge 9
EAN 4012144430724

CD Folge 10
EAN 4012144445827

„Das Buch ist eine grandiose Kriminalgeschichte, die durch und durch spannend und fesselnd geschrieben ist." AJuM der GEW
über Die Nordseedetektive. Das geheimnisvolle Haus am Deich

Buch · ISBN 978-3-8337-4618-5
160 Seiten mit vielen farbigen und schwarz-weißen Illustrationen

Buch · ISBN 978-3-8337-4763-2
144 Seiten mit vielen farbigen und schwarz-weißen Illustrationen

Buch · ISBN 978-3-8337-4945-2
144 Seiten mit vielen farbigen und schwarz-weißen Illustrationen

CD Folge 11
EAN 4012144461926

CD Folge 12
EAN 4012144476821

CD Folge 13
EAN 4012144499226

JUMBO
Neue Medien & Verlag GmbH
ein Unternehmen der Edel SE & Co. KGaA,
Neumühlen 17, 22763 Hamburg, Deutschland
jumbobuecher.de · /jumboverlag
www.edelverlagsgruppe.de/kontakt

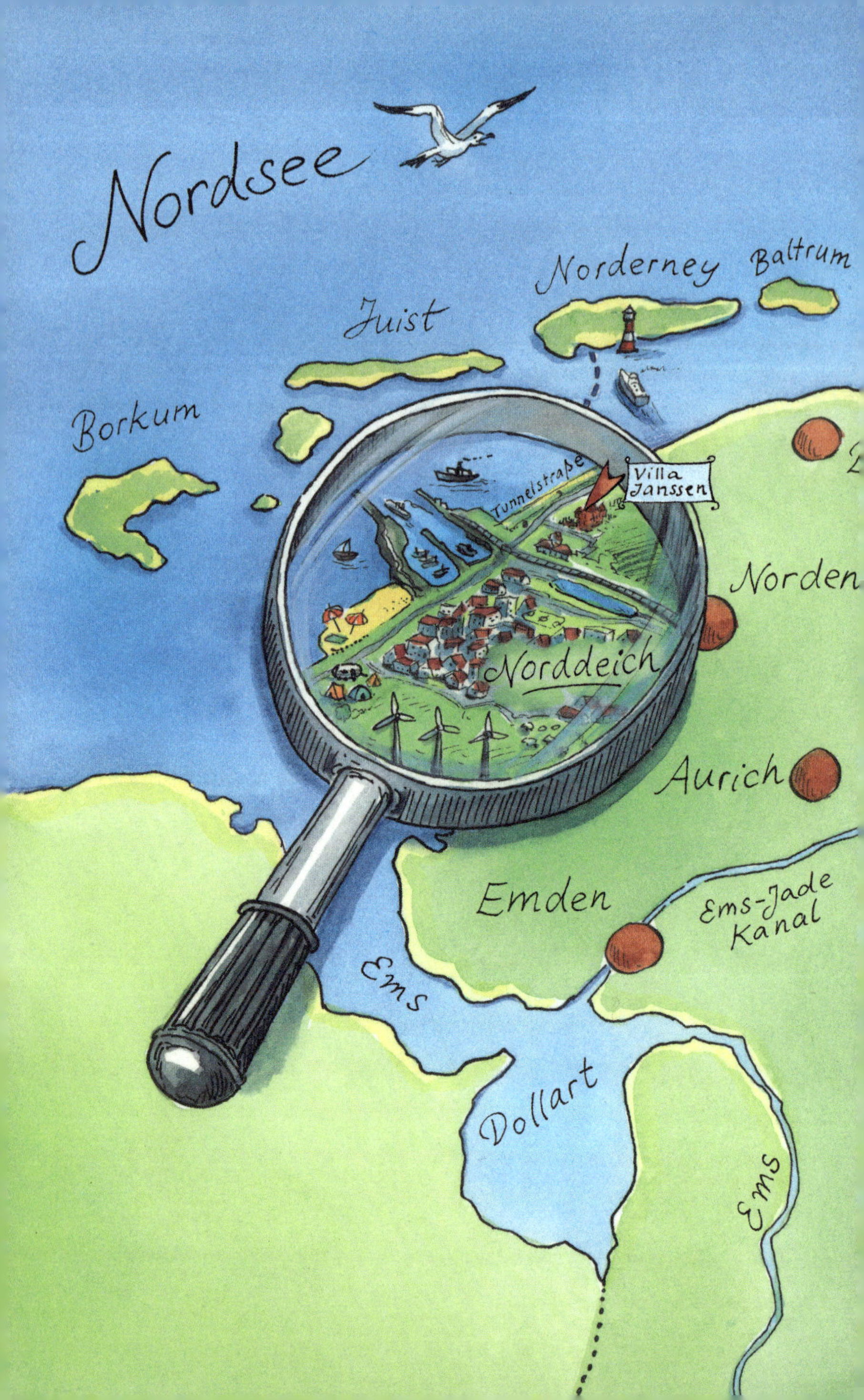
Nordsee
Norderney
Baltrum
Juist
Borkum
Tunnelstraße
Villa Janssen
Norden
Norddeich
Aurich
Emden
Ems-Jade Kanal
Ems
Dollart
Ems